JN220336

随風 01

目次

批評

ずいふう

01

2025 SPRING

書肆
imasu

巻頭随筆

僕が書かなければ、おそらく誰かが書く文章

宮崎智之

実家の近くに柳の木があった。中学校の構内に植えられたものだ。枝は歩道にはみ出して、幽く垂れ下がっていた。幼い頃、今は亡き父と一緒に夜の道を歩いていた。T字路を左に曲がるとすぐに実家があるが、父は右に曲がって三〇メートルほど先にある柳を指し、「あそこまでひとりで走って、戻ってくる遊びをしよう」と言い出した。僕は慄いた。密かにその柳を恐ろしく思っていたからである。

夜の街灯に白く照らされた柳はなおも怪しく、この世ならざるものに感じられた。行ってはいけないと思った。行ってしまったら、もう戻ってこられなくなる。しかし、生来の臆病な性格の息子を心配していた父は、「行って帰ってくるだけだから」と譲らなかった。

僕は意を決し父と繋いだ手を離して、柳に向かって走り出した。三〇メートルが途方もなく長い

距離に感じられた。そして柳の枝に手を触れ、引き返そうと振り返った。その先には父はいなかった。僕は泣きそうになりながら、とにかく復路を走った。まだ半袖の時期だったのにやけに肌寒く、それでいて汗でTシャツの背中は濡れていた。父はその場にいた。手にしがみつき、なぜいなくなったのか問いただす僕に、父は不思議そうな顔をしていた。父は僕を褒めてくれたが、言葉が頭に入ってこなかった。僕は四三歳になる今でも裸眼であるくらい視力がいい。なぜあの距離で父が見えなかったのか。幼い僕は見えなかったのではなく、たしかにいなかったのだと直感した。父がいなかったのではなくて、僕がいなかったのだ。僕はおそらく一〇数メートルの間、異界を走っていたのであった。

年齢を重ねて、高校、大学生になってからも、僕はその柳を恐ろしく思い、避けて通っていた。その後、実家が駅前に引っ越したので、柳がまだ存在するかどうかは確認していない。が、あの夜、優しかった父が幼い僕に課した試練を、僕が迷い込んだ場所を、戻ってきたときの安堵を今でも覚えている。

思想家の吉本隆明は、『改訂新版　共同幻想論』（角川ソフィア文庫）の「角川文庫版のための序」で、「この本のなかに、わたし個人のひそかな嗜好が含まれてないことはないだろう。子供のころ深夜にたまたまひとりだけ眼がさめたおり、冬の木枯の音にききいった恐怖。遠くの街へ遊びに出かけ、迷い込んで帰れなかったときの心細さ。手の平をながめながら感じた運命の予感の暗さといったものが、対象を扱う手さばきのなかに潜んでいるかもしれない。その意味ではこの本は子供たちが感受する異空間の世界についての大人の論理の書であるかもしれない」としている。内田百閒は、『百鬼園随筆』（新潮文庫）収録の「琥珀」において、やはり幼い頃の神秘体験を書いている。誰もがこの手の原体験を心に秘めているのではないかと僕は想像している。

僕が書かなければ、おそらく誰かが書く文章を書きたいと思う。ここ数年、そんなことをずっと考えていた。それはX（旧Twitter）にて、「自分が書かなければおそらく誰かが書く日記」という投稿サイトの存在を知ったからで、しかしそれを知ったのはサイトがなくなったことを悲しむ人たちのポストからだった。今はアクセスできないそのサイトの雰囲気やどのようなことが書いてあったのかは知ることができない。冬雨千晶さんは「自分が書かなければおそらく誰かが書く日記に寄せて」という記事をアップし、こう書いている。

時間を問わず名前も知らない無数の誰かによって更新されゆくこの日記には時に愛の歌があり、嘆きがあり、意味のない文字列があり、失恋があり、何よりもとりつくろわれていない本当の言葉がそこにはありました。この場所をおとずれてくるりの春風の歌詞に出会い涙したあのどうしようもできない夜のことはひとつの大切な記憶として残り続けることだろうと思います。

この文章を読み、サイトを知らないはずの僕も強い哀惜の念にかられてしまった。胸を打たれた。

かつてインターネット上にこのような空間があり、人々が言葉を書き連ねていた。人は文章をこれまでも書き続けてきたし、これからもその営みは連綿と続くだろう。なにがオリジナルで、なにが模倣か。なにが真実で、なにが虚偽か。文章を書く者なら、誰もがこの問題について考えたことがあるはずだ。そしてきっと「自分が書かなければ、おそらく誰も書かない文章」を書きたいと願う。

匿名、記名の差は、ここでは問題にならない。完全な匿名などあり得ないのだし、例外的な状況を除けば、書く以上は読まれることを前提としているのには変わりないのだから。僕もまた誰も書かない文章、自分だけの文章を求めてこれまで文筆をしてきた。生の一回性という特性を強く意識して書いてきた。

当たり前だが、人間は誰もがいつかは死ぬ。しかし、言葉はことによるともっと長い時間を生き延びるかもしれない。一度、死んでも甦るかもしれない。現に僕は最近、仕事の都合で一〇〇年前（大正時代）の文章をよく読んでいる。言葉は意味や情報を伝達する作用のみで構成されているのではなく、数え切れないほどさまざまな作用を有している。それらの作用を精緻に駆使し、今、ここで、僕という一人称が考え、感受するものを、生の一回性という代替不可能な杭として打ち付ける。それが文章のオリジナル性を保証してくれるのだと、僕は理論付けている。

一方、僕が書かなければ、おそらく誰かが書く文章は残像である。生の一回性を想定せず、自分が書かなければ、誰かが書くだろうという前提で書いている。これは諦めなのだろうか、それとも希望なのだろうか。そもそもこのコンセプトに惹かれるのはなぜだろうか。特権的な一人称が「真実」を専有してしまう恐れがある随筆について考えるうえでとても重要な問いである。

こんなことを思う。桜は儚い。それはすぐに散ってしまうからである。しかし、桜は毎年咲き、毎年散る。樹木に寿命はあるにしても自然には長大な時間が保持され、また新たな芽が吹き散っていくことを繰り返す。そう考えると、本当に儚いのは人間のほうである。人間の生の一回生が、桜を儚く見せていると言ったほうが正しいだろう。そして、桜が属する自然界と同様に、言葉が形づくる秩序も人間の生からすると、ほぼ無限に近い法外さを有している。本質的に人間は言葉より弱いのだ。

有限性を前提としなければ儚さは生じない。その儚さに、その明滅に、僕は人々の残像を見る。誰もが普通は「自分が書かなければ、おそらく誰も書かない文章」を目指すはずである。言葉には歴史という秩序があり、ある言葉が書かれると、次の言葉が誘発される。それが積み重なり、秩序は漸進的に変更され、新たな総体を形づくっていく。その秩序にアクセスすることが、読んで書くという行為であり、書き手は歴史の重みを受け入れながら、何度も繰り返し書かれてきた言葉に、オリジナル性を付加しようとする。

しかし、ここで厄介な問題が生じる。随筆とは特権的な一人称が「真実」を専有してしまう可能性のある散文スタイルでもあるのだ。仮に、他者からの批評を受け付けず、自身の考えや経験を特権的な一人称の名のもとに拒絶してしまうなら、随筆は文学とは呼べないだろう。生の一回性に賭けながらも、杭を打ちつけ内部化した真実を開かれたものにしていくことで文学になる。つまり、先に書かれた文章がなくては、次の文章は生まれず、「自分が書かなければ、おそらく誰も書かない文章」は歴史の連続性に期待して、自身を乗り越える者のために書かれるのである。

僕が書かなければ、おそらく誰かが書く文章には、そうした発話の連続性に対する期待がない。人称も関係なく、誰が書いたのかすらも問題にならない。そうした文章を果たして文学と呼べるのかもわからない。しかし、と僕は思う。おそらく誰かが書くという思いは、期待では決してないが、ある種の「祈り」に近いものなのではないのか、と。

毎晩のように国道246号線を眺めている。仕事と生活の境目をつけるのが苦手なため、とくに外出が伴う仕事をした後には必ず自宅マンションの脇にある駐車場の壁にもたれて、思考を整理してから帰宅するようにしている。コンビニのビニール袋を曲げた肘に吊るしたスーツ姿の男性はスマートフォンを掲げ、高層ビルから顔を出した月を撮影している。彼の一日は充実したものだっただろうか。撮影した月の画像は誰に送るのだろうか。SNSにアップするのかもしれないし、誰にも見せず保存したままにするのかもしれない。彼は僕が見ていることを知らず、僕も彼を本当に見ているのかがわからなくなる。午後九時を過ぎているのに、ビルの窓からは光が漏れている。どのようなことを考えながら残業しているのだろう。僕と同じように、まだ家に帰りたくない気分なのかもしれない。愛する家族のいるあたたかな家に帰りたくないと思う夜が僕にはある。心の空洞を埋めるのは、流れ行く景色だ。

僕は眩暈(めまい)を覚える。この切断と紐帯に。僕が書かなければ、おそらく誰かが書く文章とは、歴史とも特権的な一人称とも切り離された瑣末な断片のようなもので、いくらでもサンプリング可能だし、コラージュしてどこにでも貼り付けることができる。オリジナル性は手放され、生の一回性は惜しげもなく放擲（ほうてき）されている。僕は「自分が書かなければおそらく誰かが書く日記」を知らない。知らないのに、そのサイトの着想について、僕は何年も思考してきた。この言葉は僕を別の場所へと連れて行こうとしているように思う。

僕が書かなければ、おそらく誰かが書く文章には連続性がない。あるのは残像だけである。誰かがそこいて、何かを考えた痕跡だけが残る文章。次の発話を期待しないし、誰が誰に宛てた文章なのかも曖昧だ。しかし、誰かにきっと届くことを祈って書かれている。

投壜（とうびん）に例えられるかもしれない。海原に手紙を入れた壜を投げるとき、僕はなにを書くだろうか。自分が抱いている夢だろうか、日常の些細な出来事だろうか。読み手がわからないとき、もしくは読まれるかどうかもわからないとき、書くべき文章のひとつとして考えられるのは、「読んでくれてありがとう」ということである。それさえ伝われば、内容はどうでもいい気がする。

先に書かれた文章がなくては、次の文章は生まれないと僕は書いた。しかし、投壜に入った手紙に書きたい内容は、そこで途切れでも一向に構わないメッセージになるのではないかと思う。僕が書かなければ、おそらく誰かが書く文章である。そこには祈りがある。僕が書かなければ、おそらく誰かが書くだろうという祈りがある。僕と同じことを誰かが思っていて、仮に僕が書かなくても誰かが書くだろうという祈りが。国道２４６号線で僕が見たものと同様の景色を、おそらく誰かが

（別の場所であっても）見ただろう。そのとき僕は誰かの残像であり、誰かも僕やほかの誰かの残像として明滅する。

儚さも確かさも、暗さも明るさも、絶望も希望も、冷たさもあたたかさも、僕が書かなければ、おそらく誰かが書く。人生はままならず、世界はあけすけで、日々は切断の連続だ。だとしても自分の残像が、誰かに文章として書かれることがあるのではないか。僕が書かなければ、おそらく誰かが書くと思うことは、人生を、世界を、日々の強固さを、少しだけ信用することでもある。だから、実際に自分の残像を誰かが書いた文章と出会うと人は感動する。諦めでも希望でもない祈りが、なんでもない破片をか細い紐帯で結ぶ。

そういった発想に、僕は随筆という散文ジャンルが嵌まりやすい隘路を回避する希望を見出している。随筆で表現されるもののなかには、僕が書かなければ、おそらく誰かが書く文章も含まれている。可能性は現在にも過去にも未来にも開かれている。しかし、それでも今回は「僕」が書くのだと意識的に選択をする。そう決意して書き、生の一回性の杭を打ちつける。だから、「読んでくれてありがとう」と言いたいし、誰かが書いてくれたら「書いてくれてありがとう」とも伝えたい。

引用文献
吉本隆明『改訂新版　共同幻想論』角川ソフィア文庫
冬雨千晶「自分が書かなければおそらく誰かが書く日記に寄せて」
https://tmblr.co/ZgHZ2m2FKoCYB

船出にあたって

平林緑萌(もえぎ)

人間と言葉、そして文字との関係については、あらゆる科学的見地からより厳密であることを目指して研究されてきたし、今後もそうであり続けるだろう。

いっぽうで、それらの科学とは異なる角度からのアプローチもまた重要である。文学は、後者に位置づけられるいとなみである。

ここに創刊する『随風』は、軸足をとくに随筆に置く。これが前者をないがしろにするという意味ではないことは、わざわざ説明する必要もなかろう。

さて、文学はなんの役にも立たないと言われがちであり、たしかに実学からは遠いとはいえようが、役に立つか否かと「好き」はまた別の問題である。ゆえに、文学のなかでも脇役で、舞台からはみ出しそうなほど端っこに追いやられてきた随筆を殊更に好む人びとがいる事実を否定することはできない。とはいえ、随筆を専（もっぱ）らにする商業雑誌をつくろうなどというのは、賢明なひとたちにとっては、あたかも風車小屋に突撃せんとするドン・キホーテのごとき行為と映るであろう。

しかしながら、ひとが自由意志でドン・キホーテたることは、だれも止めることはできないから、嗤っておゆるしいただきたい。私もあなたをゆるす。

私には、金もなく、コネもなく、志というほどの立派なものもなく、かといって野心めいたものもケシ粒ほどしかない。

また「随」とか「風」とかいう漢字について、字源に遡って気の利いた文字を連ねるほどの学識もない。ただオロカななりに、この世には一見役に立たぬと思われるようなものが、なるたけ多くあったほうがよいと考えるのである。

もしこの雑誌に創意というものがあるとしたら、それは宮崎智之氏に帰せられるべきであり、かたちが美しければ、それは川名潤氏に源を発するものであり、また勢いがよければ早乙女ぐりこ氏の功とされるべきである。

その他モロモロのよき点も、ひとえに集ってくださった皆さまに起因する。

私は風に随（したが）って流されてゆくだけである。ただし、いま吹き始めている随筆の風は、私や読者を行ったことのない場所に運び、見たことのない景色を見せてくれるであろう。

文学の「価値」について論ずるつもりはサラサラない。その免許もない。しかし、地球上でもっともくだらない存在である人間の、人間らしい行動の発露であるところの随筆が、文学でないことがあるはずもない。

そんなことは、オロカな私にだって明白にわかるのである。

さて、船はもう出発してしまった。

いまのところまだ船室にも甲板にも、船倉にだって空きはある。

なにせ小さな船であるから、あちこちに寄港することになる。当船は新たな乗組員を絶賛大募集しており、なんなら密航だって歓迎する。ちょっとどこかへ行きたい人は、気軽に乗り込んでもらいたい。

ボンクラ船長として皆さんに呼びかけることを以て、創刊の挨拶に代えさせていただく。

『随風』初代発行人　平林緑萌識（しるす）

随筆特集

友だち

ばしばし飯田橋

浅井音楽

山のように態度がでかいので『ヤマ』と呼ばれている。呼ばれているのだから、しょうがない。

……おうい、ヤマ。こっちだぁ、こっちぃ。

名画座の、ほんの少しほこりっぽいような、年月の風合いを織り込んだ階段を踏んでいく。

すぐ隣に人がいるのは落ち着かないから、できるかぎり、ひとつ余分に空けて座る。

……今日はなんだか、惚れた腫れたのやつみたいだな。おれぁどうも、好かんけどよ。

見る前から垂れる文句はいつものことで、もう慣れた。勝手に言ってなさいよ、そう思う。

金もなければ暇もなく、できそこないの怒りと焦りばかり育てていた頃、よく名画座に通った。

ひいきの名画座は一万円で一年映画見放題。二本立ての映画が二週間程度で入れ替わり、足繁く通えば、年に50本ほど見られることになる。今でいうサブスクの先駆けと、こっそり思っている。

実りある時間を過ごさなければと焦るくせに、なにを実りとするのか考えもしない粗忽さにさえ、名画座はやさしい。なにせ見る映画を考えなくていい。見ればだけお得に感じられるうえに、上映するのは映画を仕事にする方のお墨付きというのだからすばらしい。いつか見るリストばかり膨れ上がっていく種類の人間にとって、これほどありがたいものはないと、しみじみ思う。

ところでこの名画座は二本立ての都合上、映画と映画の間に休憩がはさまる。たっぷり30分ほどある休憩時間をいつものように持て余していると、隣の席から砂利を踏むような声が聞こえた。

……やっぱり、女ってのはおっかねぇなぁ。

誰に向けるでもないようにぼんやりと、そのくせしっかり聞こえるように言うからひっかかる。黙って様子をうかがっていれば、なぁ。とからかうように顔をのぞかれる。それなら、譲れない。

女だから、とかそういう話じゃないと思いますけどね。そう言ってみれば、ぽかんとされる。ひねた性根を隠そうともせず、終日(ひねもす)むすっとしていた。不機嫌ですよと顔に描いておいてあげたのだから、噛みつかれるのも自業自得。そこから先はやいのやいのの言い合いとなった。

男と女、上と下、右と左、内と外、なにもかもに乱暴な線を引く爺だった。線上を生きる命より先に言葉があったとでも言うような口ぶりが、青いこころにとってなによりも気に入らなかった。

なにかを決めつける言葉にそれは違うと噛みつく。噛みついた根拠を問われても、なにもない。議論の体を成さない稚拙な戦いは、噛み合わなすぎて逆に噛み合っていたかというと、組み立て式の家具の穴に適当にパーツをつっこんだ時くらい噛み合いすぎていた。

きゃんきゃん噛みつきあううちに議題は些末な方向へどんぶらどんぶら流れていき、しまいにはおまえが休憩時間のたび周りの人からおやつをもらえるのはおまえが若いからだと言われた。もうなんにでも反論する体制に入っていて、いいや、若いからではなくかわいいからだと噛みついた。

そもそも他人がおやつをもらう様子をねっとり眺め羨む爺はやや気色悪いだろうとこぼした感想に爺だから気色悪いってこたねぇだろうと噛みつかれ、たしかに。と反省した。気色悪いのは爺全般ではなく、いま目の前で唾を飛ばす、このかけがえのない固有性をもったたったひとりの爺である。そう思えばなんだか愛おしささえ感じるのが面白かった。そんな気色悪い爺はある日こう言った。

……おまえは態度がでかすぎる。山みてぇにでけぇ。だからヤマだ。おいヤマ。ちり紙くれ。

またおかしなこと言ってるなと思ったものの、不愉快さのないおかしさだったので黙っていた。しだいに、いつもおやつをくれる方々にも、やまちゃん、やまちゃん、と呼ばれるようになった。そのうち連れ立ってお茶などするようになり、たびたび爺ははぶかれた。というのもヤマが、四人以上の集まりは嫌いだ、話が散るから、とのたまったためである。ご老体方はくじを作り、お茶の参加者を公平に決めた。だから爺はたびたびはぶかれて、はぶかれた回数よりだいぶ多く参加した。爺はいつもつぶれた粘土みたいな顔をして、決まってコーヒーを三杯飲んだ。

一度、めずらしく爺と二人ぼっちになった。ちゃんと飯食ってんのか。そう言われ誘われたのは丸椅子に座れば壁を背もたれにできるくらいのカウンター席だけが並んだ、やけに狭い店だった。サービスですよぉ、と茄子と豆腐をいただいて、苦手な茄子だけ爺にあげた。一緒にカツカレーを頼んでもりもり食べた。店にはずっと放送大学らしきラジオが流れていた。どちらからということもなく腹ごなしに歩こうとなり、二駅ぶんくらい歩いた。

爺はやたらと歩くのが速いうえ、どういうわけか、並んで歩こうとすると無限に加速し続ける。なので二歩ほど後ろを歩きながら、えんえん爺の頭の影をねらって踏んだ。えいえい、えいえい。

一年後、爺は頭の病で死んだ。
見舞いに行くたび相部屋の方が気の毒になるほど元気にしていたくせ、ちょっと間を空けたら、飲みさしのコーヒーみたいにすぐに冷たくなった。

爺が死んでしばらく経って、通った名画座も閉まってしまった。けなし合いながら歩いた道も、ずいぶん綺麗に整えられた。坂の多い、小高い山がならんだようなこの街の名は、飯田橋という。山のように態度がでかいので『ヤマ』と呼ばれていた。呼ばれていたのだから、しょうがない。

友達がいない

海猫沢めろん

高校で先輩にやらされた遊びに、気絶するまで交互に殴り合うステゴロがある。思い切り歯を食いしばっていても、数日は顎の関節がおかしくなる。

高校に入ってしばらくした夏休みに、「トモダチ」が家に電話をかけてきた。目的は金だった。駅近くの駐車場に行くと変な色の長い髪の「トモダチ」は「なんかおまえ……雰囲気変わったな」と戸惑ったように言って、威嚇するように顔を近づけてきた。死人が出るレベルの軍隊式の全寮制高校で鍛えられて別人のようになっていた僕は、小銭を握り込んでいた右手で、顎にフックを叩き込んだ。「トモダチ」は地面に転がり、痛みに驚いているようだった。気絶するまで殴ろうとしたが、駅から帰るサラリーマンが遠巻きにじろじろ見ていたので、そのまま放置して帰った。

友達という言葉を聞くとこの場面を思い出す。どちらかというといじめられる側だった僕にとって、「トモダチ」とか「仲間」といった言葉には、裏切りの響きがまとわりついていた。というのも、いじめてくる連中が大人たちには「友達同士ですから」「仲がいいんです」と言い訳する一方で、実際には僕をストレス解消の道具にしていたのを肌で感じ取っていたからだ。「トモダチ」という言葉を使えば、面倒が避けられる――彼らはそう思っていただけなのだろう。「トモダチ」なんて嘘っぱちの免罪符だ、としか思えなくなっていた。

「トモダチ」という名目で、万引きに誘われたり、カツアゲまがいのことをされたり、いろんな「問題行為」を押し付けられたりしたことがある。彼らのグループでヒエラルキーの一番下にいるのはいつも僕だった。思い返すと、今でも嫌悪感がこみあげる。大人になったいまも、忘れた頃に他の「トモダチ」に報復してやろうとずっと考えている。

低学年の頃は、そんな中でも「友達」と呼べる存在がいた気がする。大塚くんはその一人だった。彼は団地に住んでいて、自転車で十分くらいの距離だったから、時々遊びに行った。彼の家はリビングと台所が一緒になった狭い空間で、その隣の障子で区切られた部屋にはテレビとファミコンがあった。僕たちはそこでロボダッチのプラモデルを作ったり、ファミコンをしたりして遊んだ。あのころ、ガンプラが流行っていたけれど、ロボダッチが好きだったのは僕と大塚くんだけだったから、なんとなく気が合ったのだろう。大塚くんは、キャプテン翼の石崎くんみたいな丸坊主姿で、テンションが低くて物静かなタイプだった。

ある日学校のクラブ活動（将棋トランプオセロクラブ）の仲間から「あいつ、今日転校したんだよ」と聞かされた。まったく知らなかった僕は一方的にショックを受けた。「どうして教えてくれなかったんや」と腹が立つやら悲しいやらで、誰にぶつければいいかわからない感情だけが残った。転校先が近所だったので、その後も何度か顔を合わせる機会があったが、ぎこちなくすれ違うだけだった。その距離感に、僕はさらに寂しくなったのを覚えている。

思い返してみれば、僕と大塚くんが仲良くしていたのは、ほとんどファミコンのカセットの貸し借りだけだった気もする。彼がキン肉マンのゲームを貸してくれたときなんかは、なんだか自分は特別扱いされているような気がして、一方的に「親友」だと思い込んでいたのかもしれない。でも、なぜ僕がそこまで彼を大事に思っていたのかは、今でもよくわからない。僕の周りには日頃から親が不在で、団地や平屋に住んでいたりする子が多かった。子供同士ではあまり深くは考えなかったけれど、みんな何かしらのトラブルや悩みを抱えていたのかもしれない。

結局、地元に住んでいた友達とは自然に疎遠になってしまった。家が隣や近所にあったはずなのに、いつのまにか顔を合わせる機会さえなくなった。子どもの頃の世界は狭いくせに、その中で起こる出来事は濃密だったりするから、今思い返すと妙に重たい。

今になって、「友達」という言葉を使うとき、あのころ感じた欺瞞や、どうしようもない怒りも思い出す。頭の中で何人も「トモダチ」を並べて考えられる限りの残酷な方法で殺しながら、けれど、同時に、大塚くんの家に遊びに行ってプラモデルを並べた記憶や、ファミコンを貸してもらってはしゃいだ思い出が頭をよぎる。

明かりにもお砂糖にもなる

オルタナ旧市街

子どもの頃のじぶんについて考えるとき、わたしはかつて住んでいた家の、二階にある小さい出窓のことを同時に思い出している。白い格子のついた、わたしだけのかわいい出窓で、外側にくくりつけた花壇には淡紅色のゼラニウムが植えられていた。その香りは薬草めいた独特なものでわたしはあまり好きではなかったが、時がたてば懐かしいものとして記憶されるようになった。

出窓はさながら物見櫓のようになっていて、わたしは小学校へあがるまでのあいだ、その出窓に腰掛けては、我が家の玄関へ向かってくる来客をめざとく監視していた。郵便屋さん新聞屋さんにちょっとあやしいセールスマン（今はもう訪問販売ってすっかり下火なんだろうか？）に、野菜のお裾分けに来た親切な隣人などなど、やってくる来訪者をすばやく見分けては呼び鈴が鳴るよりも早く階下へ駆けおりていって、誰々さんが来た！　と両親に誇らしげに告げていたのだった。肝心なことはなにひとつ覚えてやしないくせに、断片的で些末なことばかり妙によく覚えている。河川敷で拾った小石の数、気に入っていたのにいつのまにか無くしてしまったくまのポシェット、幼稚園に向かう道の途中にある、緑のトンネルのざわめき。夏が近づくと強くなる木々のにおい、出窓の格子に触れたときのつめたさ。再現性のないことほど強く印象に残る。たいていの人にとって、子ども時代とはそういうものだろうとも思う。

そのころといったら、親戚がその子ども（それもわたしにとってはれっきとした親戚であるが）を連れてくることが増えてきたころで、親からしたらいい遊び相手だと微笑ましく見ていたのかもしれないけれど、当のわたしとしては、ほかでもないじぶんのテリトリーで無邪気にあばれまわる他所の子どもたちに敵対心を剝き出しにしていたのだ。一人っ子で、近所に同世代の友人もいなかったし、必要ともしていなかった。他所の子など大嫌いだった。思い通りにならない世界があるということを初めて目の当たりにして、うろたえていたし、そしてそれは明確にわたしを苛立たせた。うちに来るなら、おとなだけがいい。子どもは来ないようにして、などと涙ながらに懇願しては親を困らせたこともあった。出窓から彼らの来訪を観測しては、耐えがたい憂鬱に身をふるわせた。あのころの狭量さといったらなかった。

来客のなかで最もよろこばしいものといったら、親の友人という存在だった。親の学生時代あるいは同郷の朋友たちは、子ども心を絶妙にくすぐるすばらしい手みやげをたずさえては我が家をしばしば訪れた。わたしが大きくなるにつれて彼らの足は遠のき、今では記憶のなかで思い出すだけとなってしまったが、子ども時代にふれあった、先生でも親戚でもないおとなというのは愉快で貴重な存在だったと思う。

　なかでも好きだったのは、母の古い友人のいずみさんという人だった。名の通り森のように物静かなやさしい人で、その人自身は独身であったが、そのせいかわたしを過度に子ども扱いせず、ほとんど対等な存在として扱ってくれたのがなによりもうれしかった。生意気な子どもだったから、一個人として対峙してくれることが誇らしかったのだ。いずみさんはいつもいいにおいの香水をつけていて、一体どこで買ってくるのか知らないが、いつも珍しい外国のお菓子や絵本をくれる素敵なひとだった。動物をかぞえる単位をいくつ知っているか競ったり、おみやげのタルトになんの果物が使われているか当てっこしたりした。わたしのことを「小さいおともだち」と手紙に書いてくれたその人とは、ある年のクリスマスにガラスでできた馬のオーナメントをくれたきり、二度と会えなくなってしまった。あれだけ大事にしていたはずなのに、貰ったプレゼントも手紙も引っ越しのたびに少しずつ消失し、手元にはなにひとつ残ってはいない。子どもとはつくづく不義理である。やけに印象に残っているだけで、実際に会ったのだって、結局のところは片手で数えられる程度だと思う。もうあのひとがどんな顔をしていたかすら正確には思い出せなくなってしまったけれども、折に触れて記憶の底から立ちのぼってくる残り香のように、いずみさんは在る。

　そんなわけで「親の友人」というのは長年どこか特別の象徴であったわけだが、つい先日、わたしの友だちにもとうとう子がうまれた。いよいよわたしも、「親の友人」というあの奇妙な存在を体現するときが来たのだ。年の瀬の早朝のことだった。不注意で開け放していたカーテンから漏れる光がまぶしくていつもより早く目が覚めて、ふとスマートフォンを見たら連絡が入っていた。うれしい虫の知らせ。いっとう仲の良い友だちだったから、わがことのようにうれしく、晴れがましい気持ちでいっぱいになる。いまこの世に、あたらしい生命がひとつふえたのだ！

　さあさ出産祝いを贈らねばと、調子に乗って、仕事帰りに赤ちゃん用品を売る店をのぞきこんでは、ちいちゃな靴下や帽子やぴいぷう鳴るやわらかいおもちゃを手当たり次第に買いこんでしまいそうになるのを理性でおさえる。幼い頃はあんなに他所の子どもが嫌いだったのに、いまとなってはなんだね。しかし身近な相手の子というのは、また格別である。へいらっしゃい、ちょっと散らかった世の中ですまないけど、よければゆっくりしていってくだせえ、というような心持ち、脳内で座布団を引っ張り出す。なんとかあかるい時代にしていかなければと思う。こんな気持ちが歴史上無数に繰り返されて、社会が形成されていったのかもしれない。たとえすべてが暗い予感に満ちていても、ささやかな祈りの瞬間は確かにあって、それは自らの内側にとどまり続ける。出窓から通りを眺めていたあのときのように、せわしない往来に潜むよろこばしいものを、どうか見逃さないでいたい。

　触れればくたりとやわらかい、まだ世界にやってきて間もない子の頭をなぜる。わたしたちはちょっとした未来で、大きくて小さなおともだちになれたらうれしいね。ひかりに透ける薄い瞼が開いたとき、森のように笑えているといい。

「オセロ」

かしま

古い黒電話が鳴った。

古道具屋で手に入れた骨董品のそれは、かろうじて通話できるものの、声は遠く、ざらついた砂粒が耳朶をこするような音が混じる。受話器の向こうから「外にいるよ」と、小さな声が聞こえて窓を開けると、雪の気配に満たされた白い夜の底でみり子がこちらを見上げていた。

暗渠の上の細い遊歩道に積もった雪の上に佇む彼女は、小さなメガネをかけ、優美なロリータブランドのコートを纏っていた。ベルベット生地とボルドーの深い色合いが、光に触れるたびにかすかな艶を放っていた。足元のブーツは漆黒のエナメル。長い金髪の頭の上には小さめのボンネットがちょこんと乗せられていた。白い息を吐きながら、彼女は雪を丸め、こちらへ投げた。

「散歩しようよ」

弾んだ声が夜に柔らかく響いた。

知り合ったきっかけは、僕が趣味で立ち上げた読書系のホームページだった。彼女はそこに掲載していた新本格ミステリに関する書評に興味を示し、メールをくれた。そのやりとりのうちに、どうやら家が近所らしいと分かり、喫茶店で会うことになった。彼女は小柄で華奢で、いつもフリルの多い服と丸いメガネをかけていた。手首には幾筋ものリストカットの痕跡があり、僕の視線に気づくと彼女はそれをなでて「エロいでしょ」と、どこか自嘲的な笑みを浮かべた。「縦線足したらオセロできそうだね」と調子に乗って言った僕の言葉は、どこにも届かず空回りして消えた。

僕らが昼間の喧騒の中で会うことはほとんどなかった。

決まって真夜中、誰もいない静かな時間帯に、彼女は来る。その頃の僕はまだ二〇代で、フリーのデザイナーで、家に閉じこもって仕事をするだけの生活を送っていた。古民家を改装した住まいはうなぎの寝床のように細長く、隙間風の抜ける冬は特に寒い。ふたりで二階のこたつに足を突っ込んで本を読む。僕が起きると隣で寝息をたてていることもあるし、逆にもういないこともある。そういう不規則なリズムも僕らの間で当たり前になっていた。お互いの暮らしのほつれ目を縫い合わせているような、不思議な連帯感がそこにはあった。

彼女はいつも「ぼく、太ってるからやだ」と、一人称「ぼく」で自分を過小評価していた。むしろ病的なほど痩せていたし、美しかったが、そのことを彼女自身が認めることはなく、頑なに自分を否定することで、なにかしらの罰を与えているようにすら見えた。

あるとき唐突に、「ねえ、エッチはしないようにしようよ。めんどうなことになるから」と彼女が言った。僕はただ「わかった」と答えるしかなかった。彼女の中にある複雑な傷や不安定さを、僕は慎重に扱いたかった。というのはきっと建前で、僕はただ、ひたすらに困惑していた。なぜなら彼女は僕が眠っているとき、唇で僕の欲望を解放してくれていた。

雪の深夜、僕らは散歩した。白い息を吐いて、新しいケーキを崩していくように新雪を踏みしめる。静まり返った路地を歩き、凍てついた水路跡を辿る。ときどき、彼女が手袋ごしに僕の腕を引いた。

家族でも恋人でもない、不確かなつながり。互いの存在が、孤独を中和してくれる関係。意味を強く問わずに並んで歩ける存在。僕らは寒さに震えながら自動販売機で温かい飲み物を買った。彼女は紅茶を、僕はコーンポタージュを選んだ。あたたかい缶を両手で抱え込み、黙ってすすりながら歩く。言葉がなくても、景色のすべてがなにかを物語っている気がした。

散歩を終え、家に戻ると彼女はいつものようにこたつに潜り込み、本を読みはじめた。僕の隣で、彼女は静かにページをめくる。その安らぎと緊張感の入り混じった関係が、まるで遠い星座の点と点を結ぶ細い糸のようだった。それは壊れやすく、意味を問い詰めれば消えてしまうかもしれない。

夜の底で互いを見失わないために、ともだちという言葉をそこに置いていた。恋愛でも家族でもなく、それでも孤独の隙間にそっと滑り込む存在。雪の夜、暗く静かな路地、密やかな読書、赤いコート、黒いブーツ、古い黒電話、そしてリストカットの痕に走る白い線。そのすべてが混ざり合って、僕らはただ、ともだちとして、あの儚く柔らかな時間を共有していた。外ではまだ雪が降っていた。明け方になれば、足跡も、通り過ぎた時間も、消えてしまうかもしれない。

あのとき、真冬の白い静謐のなか、僕らの関係はかすかな光のように瞬いていたのに、僕の欲望だけが真っ黒で、それがぜんぶを裏返してしまった。

Yへの手紙

岸波龍

二〇二三年五月に本屋を始めてからおよそ一年七ヶ月が経ったが、一番よく訊かれる質問は「機械書房の屋号の由来は何ですか」であり、私はこの回答を毎度媒体によって適当に変えている。物件を決めた時に購入したばかりのメカゴジラのソフビを持っていたからとか、哲学者のジル・ドゥルーズが好きでかれの概念の抽象機械からとか、横光利一の小説「機械」からとか。どれかひとつに決めたほうがいいのかもしれないが、どれも本当であるし、その時の気分で前に迫り出してくるものが変わるからこれと決めることができない。もしかしたら新たな理由が今後増殖するかもしれない。そしてそれもたぶん嘘ではなく、本当のことなのだ。名前をつけた時はそのことが心の奥底に眠っているだけの話で、あとからとってつけた話ではないのだ。真実というのはコロコロ変わるものだし、もっと言うとすべてが繋がってくる。

どんな天才作家も、自分一人の手で時代精神とか社会思想とかいうものを創(つく)り出す事は出来ない。どんなつまらぬ思想でも、作家はこれを全く新しく発明したり発見したりするものではない。彼は既に人々のうちに生きている思想を、作品に実現化し明瞭(めいりょうか)化するだけである。思想が或る時は物質の様に硬く、或る時は人間の様に柔らかく、時代の現実のうちに生きている時、作家にとって思想とは正当な敵でもあり友でもあるのだ。

これは、人も知る通り、小林秀雄の「私小説論」の一部である。この一文だけでも「物質」という言葉からベルクソンの『物質と記憶』を想起してしまうが、それと同時に「無論、私もベルクソンについて、小林の百分の一も知らない人間の一人だが、『物質と記憶』を読み返そうというぐらいの気持はある。」という大岡昇平の「小林秀雄の世代」の文章も私は思い浮かぶ。それというのも、私は二〇二三年の六月から一年間、月に一度、双子のライオン堂で開催された武田百合子『富士日記』連続オンライン読書会のファシリテーターをつとめていたからだ。『富士日記』では富士山近くの別荘生活での武田家と大岡家の交流が多く登場する。夫婦同士の仲の良さは読んでいて大変に微笑ましく、あまり同姓を褒めない百合子が大岡の妻の美しさをべた褒めしたり、大岡昇平の映画や音楽の趣味を楽しそうに話す姿はつよく印象に残る。大作家である武田泰淳と大岡昇平の真実の姿がここには書かれているような気がしてならず、読むうちに二人のことを好きになってしまった。大岡の『小林秀雄』の解説は文芸評論家の山城むつみである。山城のデビュー作は群像新人文学賞評論部門受賞作「小林批評のクリティカル・ポイント」であり、双子のライオン堂の選書棚も担当している。『文学のプログラム』や『ドストエフスキー』といった講談社文芸文庫の主著も棚には並んでいる。小林秀雄の「私小説論」の後半は、横光利一「純粋小説論」の批判に向けられる。「純粋小説論」は通俗小説と純文学の比較にはじまり、ドストエフスキーの『罪と罰』をそれらが合体した純粋小説だというようなことが書かれている、というように、読書をしていてもあらゆることが繫がってくる。もう少し読書に集中したいところではあるけれども、これは私の癖でいろいろなものを繫げたがる思考回路を持っており、もっというと私は飽きっぽいのだ。何かひとつのことをいつまでも考え続けることができない。三日坊主ですぐにやっていたことを放り出して次のことに移行してしまう。しかしこれはけっこう良いこともある。興味のあることを次から次へやることによって、実際に手を動かすことによってこれはもうやらなくていいと知ることができるからだ。やらなくていいことが増えれば身体はどんどん楽になる。精神と肉体が一致してくる。ベルクソンの『物質と記憶』を読んでいる時と同じだ。あの文章を読んでいると研ぎ澄まされてくる。どんどんわからなくなる。途中で読むのをやめる。また読みたくなる。

先ほどの読書会の話に戻るが、参加者の一人には私の中学校からの同級生の親友がいる。かれの苗字のイニシャルがYなのでここではYと呼ぶことにする。Yは昨年の三月に脳梗塞になり今もまだ入院中でリハビリ生活をしている。だから読書会には病院から参加していた。武田百合子『富士日記』読書会を一年間、つぎの保坂和志『カンバセイション・ピース』読書会を半年ほぼ休むことなく参加し、そして二〇二五年一月から一年間開催予定の谷崎潤一郎『細雪』読書会にも参加を希望している。もし本がなければ、Yと私が画面越しではあるが毎月こうして顔を合わせることはなかっただろう。私たちはいま四十歳でいっしょに中学校に通っていたのは二五年以上まえなのだ。あのころ自転車で三十分くらいのところにサイゼリヤができた。どうしてもミラノ風ドリアを食べたくなったYと私は仮病を使って学校を早退することにした。先に保健室に行った私は疑われずすぐに帰宅してよいことになった。時間差で保健室に行ったYは親友の私のあとなので怪しまれたのだが、脂汗をかき腹を押さえて苦痛に顔をゆがめるYも周りからすぐに帰るよう言われた。二人で校門に向かいながら、私はYに肩を貸し、「今日のサイゼはやめにして家でゆっくり休んでくれ」と口にしたのだが、Yはただただ苦しそうにうめくばかりだった。ところが校門を出た瞬間にYはふっと体勢を立て直し「さあサイゼに行こう」と言い、驚く私に向かって「敵を騙すにはまず味方からさ」とけろりとした表情で笑った。あんなに見事に騙されたのは某映画のケビン・スペイシーの演技くらいだ。それはともかく有り難かったのは読書会の参加者の方々のあたたかい反応だった。なぜいつも病院から参加しているのだろうと不思議に思ったり、大好きな乃木坂46の話にすぐ飛ぶのには驚いた参加者の方もいただろう。私はYと幼なじみだった関係性だったり、Yの現状について読書会の中で説明をすることはしなかった。ひとりの参加者としてかれと接していた。読書会全体が一冊の本で繋がっていた。そして私はまたかれに騙されたいと心のどこかで思っている気がしてならない。

宛先のない日記

早乙女ぐりこ

どうしても読み返すことができない日記が、手元に一冊だけある。


小学三年の秋に転校すると、新しい学校でも友達はすぐにできた。新しい担任は、読書家でだじゃれ好きの男性で、悪くなかった。四年に進級するときにはクラス替えがなく、担任も替わらなかったから、平和な暮らしは一年半続いた。

五年生になって学校生活は一変した。新しい担任は、俺は子どもが嫌いだと顔に書いてあるような人間だった。給食の時間には、子どもたちの様子を見回ることもなく、当時デビューしたてだった宇多田ヒカルのCDをラジカセで流し、それを自席で無表情に聴いていた。

私はそのクラスでいじめられるようになった。

はじめは、ただの喧嘩だった。梅雨に入る直前、Ｉの家に遊びに行ってシール交換をした。Ｉの家はいつも大人がおらず、大地震の後のように散らかっていた。

喧嘩の経緯はよく覚えていない。Ｉがほしいと言ったきらきらのシールを私が出し渋ったのだったか、Ｉが「後で渡すね」と言ったたまごっちのシールを渡さずにごまかしたのだったか。口論になり、私はそのまま家に帰った。

次の日からＩに無視されるようになった。気が強い私は、Ｉに嫌われるのなんかへっちゃらだった。Ｉのことはそれほど好きでなかったから、お互い様だと思った。

Ｉは誰彼かまわず私の悪口を伝え、あいつとは話すなと釘を刺していたようだった。廊下を歩いていると、向こうから来た人間がそれとなく壁際に避けるようになった。給食の班では、私の机だけ他の机から数センチ離された。授業中に私が発言すればひそひそ笑いが起こる。休み時間には教室の隅に集まった女子たちがこちらにちらちら視線を向けて「あいつ、むかつく」と言い合う。図書室で本を読んで過ごす昼休みだけが、心安まる時間だった。

夏休みが明けても、状況は変わらなかった。私はそのいじめの詳細をノートに記すことにした。アンネ・フランクが、「親愛なるキティーへ」という書き出しで日記を書いていたのを真似して、私も架空の友人に宛てて日記を書こうと思いついた。手元にあった赤い表紙の大学ノートを開き、罫線の上から二行分を空白にして、日記を書き始めた。けれど、いつまでも、その二行分の空白に宛名を書き入れることができなかった。

私はその日記を、母や弟の目を盗んで書いていた。とっぷり日の暮れた初秋のベランダにノートを持ち出し、カーテン越しに漏れ出る部屋の明かりを頼りに書いていると、コンクリートの床が尻を冷やす。憎しみや憤りをノートにぶつけるように、鉛筆を拳に握りこんで文字をぎちぎちに刻みつけていった。

Ｉは死ねとも、Ｉを殺すとも、一生許さないとも書いた。

死んだら呪ってやるとも、私は死んでも死んでやらないとも書いた。

あいつらが喜ぶから、私は死んでも死んでやらないとも書いた。

いじめられていることを、親にも先生にも誰にも言えなかった。誰よりも私自身が、この状況がくそダサいと思っていた。だってばかみたいだ。シール交換で喧嘩になったなんて、それが波及してクラス中からむかつくとか消えろとか言われているなんて、そのせいで学校に行きたくないなんて。誰にも言えないことを書いたその日記を、誰かに読ませることは考えられなかった。たとえ、それが架空の友人であっても。

ノートのページが半分以上埋まる頃、学校から帰宅して家に誰もいなかった日に、私ははさみを握った。リストカットという行為のことは知っていたけれど、自分の肌を傷つける勇気は出なかった。代わりに、はさみを持ったのと逆の手で頭頂部に手をやり、肩まである自分の髪を小さな束にしてつかんだ。ゴキブリみたいと嗤われている、癖の強い毛だ。

じゃきん。迷うことなくはさみでその束を切り落とす。さっきまで私の一部だったのに、もう私でなくなった髪の毛の束。肌を切りつければ血が流れるのに、陰口を言われれば心は傷つくのに、髪は切り落としてもそこに何の痛みも生まれないことを不思議に思った。

　切り落としたこの一房をどうしようと考えた。ふとランドセルを開けると、運動会のゲートを飾るペーパーフラワー用の、水色のグラシン紙の余りが入っていた。数枚を取り出して重ね、折りたたんだ髪の束を小さく包み、セロテープでぐるぐる巻いて固める。そして、翌朝早めに登校して教室に入り、その贈り物をIの机の引き出しの中に素知らぬ顔で放り込んだ。それからいつも通り、朝礼までの時間、本を読んで過ごした。


　二学期後半のある日の昼休みの終わり、図書室から帰ってきた私に、ある男子ががんっとぶつかってきた。そして、「きたねえ！」と叫んで自分の手を別の男子の肩になすりつけた。自席に戻った私の顔を何人かがのぞき込んで「早乙女菌だ」とゲラゲラ笑い、ふざけてタッチし合っていた。

　それまでは、無視や仲間はずれや悪口の言い合いを〈陰で〉やっているという体がとられていたから、こちらも気づいていないふり、あるいは気にしないふりをしていれば教室に平然と存在していられた。しかし、面と向かってばい菌扱いされたことでそれができなくなった。うつむいて髪で顔を隠し、慌てて立ち上がって教室を出る。奴らの前でなんか絶対泣かないと思っていたのに、手洗い場に行って顔を洗っても涙は止まらない。髪の毛と同じように、涙もするりと身体から離れてくれたらいいのに。

　授業が始まっても下を向いてひっくひっくと肩をふるわせていたら、担任が授業を中止して、いじめの公開事情聴取を始めた。誰かが、「早乙女さんはみんなに嫌われても気にならないのだと思っていました」と言ったので、私は思わずちょっと笑った。

こうして、五ヶ月続いたいじめは唐突に終わった。担任はその次の正月に、クラスの集合写真をプリントした年賀状を私たち全員に送ってきた。

私は自分の文章を読み返すことが好きだ。そして人に読んでもらうことが好きだ。学生時代に書いていた交換日記やブログ、社会人になってから執筆した本、この文章のように依頼を受けて書く原稿、どれも宛先があるものばかりだ。読者も宛先だし、友人や家族も宛先だし、未来の私も宛先である。

時折、読み返すことができないあのノートのことを思い出す。キティーのような架空の友人もおらず、宛先のない日記に死ね死ねと書き殴るしかなかった、あの頃の自分を思い出す。

このことは誰にも話したことがない。今回初めて書いた。

ディア・エア・フレンズ

ササキアイ

旅先でAirPodsを紛失した。見つからないだろうと思いつつ宿泊したホテルと利用した駅に問い合わせてみたが、やはり私の元に戻ることはなかった。

休み明けにそのことを同僚に話すと

「iPhoneと連携していたのなら、今どこにあるかわかるんじゃないかな」

と言われた。確かに。はじめてiPhoneの「探す」を起動する。

電車でもホテルでも見つからなかったとなると、写真を撮りながら歩いた海岸でポケットから滑り落ちたのだろうかと思っていたが、なんとそれは新大久保にあった。

新大久保は、いつ行っても韓流カルチャー目当ての女性たちで竹下通りのように賑わっている街だが、その喧騒と逆方向へ進み裏通りに入ると、がらりと雰囲気の変わる一帯がある。通称イスラム横丁と呼ばれるエリアだ。周辺にはハラルフードの食料品店や飲食店がひしめき合っており、道を行き交う人も通りの匂いさえも、何もかもがここが日本であることを忘れそうになる。見たことのない食べ物、まったく分からない言語。時々そうやって普段よりも少し不便で心許ない環境にわざわざ身を置くことで、自分が万能でもなんでもないことを再確認したくなる。海外旅行先でも最もわくわくするのは地元のスーパーだったりする私は、異国情緒を体感しつつ珍しいスパイスや食品が手に入るこの場所に惹かれ、過去に何度か訪れたことがあった。

iPhoneの中の地図は、私のAirPodsがまさにそのイスラム横丁のど真ん中にあることを示していた。お前、なぜそんなところにいるんだ。

実際に探し出そうとは思わなかったが、失くしてはじめて「探す」という機能を起動したことや、それによって失くしたはずの自分の持ち物の行方に何度も想いを馳せることになったのは、新鮮な経験だった。同時にすごく大切に扱っていたわけでもないのに、当たり前にいつも手元にあったものがなくなった途端に愛着を覚える自分の身勝手さにも少し呆れた。

しかし拾われたのか転売されたのか、誰かによって初期化されたのだろう。現在地を示すiPhoneの画面が更新されることはなく、紛失した日から二ヶ月後、ついに消息は途絶えた。

具体的な理由がなくともいつの間にか疎遠になってしまう関係がある一方で、約六年間ほぼ毎日会話の途切れないLINEのトークグループがある。メンバーは私を入れて三人。最初はSNSで共通の趣味を介して知り合ったが、些細なきっかけからLINEに移行してやり取りをするようになった。同性だが、それ以外の属性も住む場所も年齢も異なる私たちが実際に会ったのは、五年前の一度きりだ。

誰かの朝の挨拶から始まり、日常の他愛ないことやニュースの話、ちょっとした相談ごとや家庭の事情、滅多に人に言えない悩みや心の底のドス黒い感情まで、日によって会話の中身も中心人物も入れ替わる。そして決して似たもの同士ではないからこそ、思いもよらないアドバイスや落としどころが見つかったりする。見つからない時にも

「大丈夫だよ」

と言いあう。そうやって気づけば私たちは、会うこともないままそれぞれの家族や古い友人よりも今の生身の自分を知っている間柄という、不思議な友人関係を続けている。

時に本人以上に私のことを正確に把握しているかもしれない彼女たちの、正確な住所やフルネームの漢字さえ私は知らない。削除ボタンひとつで夢のように消えてしまうであろう日々の会話は、それでも確かに私たちを繋いでいる。

その人は、期限切れ目前のパスポートを私に預けていなくなってしまった。

それは彼の病が深刻なステージだと判明した直後だった。何はともあれ手術の前に一度会いにいくよ、と言って時間を作ってもらった。

「これを持っていてくれ。本当は何かもっといいものがあれば良かったんだけど」

と言って、彼はやたらとポップなカバーに収納されたパスポートを私に手渡した。身分証明にもな

るような大切なそれを、なぜ今私に託そうとするのかをその時どうしても聞けなくて、聞けないまま持ち帰った。

手術が無事に済み、通院と自宅療養の生活が始まってもなお、私はできる限り彼が病気になる前と同じような態度や話題で関わり続けた。そうすることで、自分と接している間は不安や恐怖から少しでも逃れられるといいと思ったからだった。でもそれはある意味では本心で、ある意味では嘘だった。私は自分が深刻になりさえしなければ現実も今より深刻にならないのではないか、という子供じみた願いにすがりたかったのだと思う。そう振る舞うことで、結局のところ彼の残り時間の終わりが迫っていることから目を逸らし続けていたのだった。

そして当然のこととして、きちんとしたお礼も別れの挨拶も言えぬまま、その時は来てしまった。彼は私のことをたびたび「誰に対しても朗らかに接しているけれど、簡単には人に心をひらかない繊細さとか不器用さが自分と似ている」と評した。私は自分を繊細だとも不器用だとも思っていなかったが、少なくとも彼と接する時の自分は他のどんな異性といる時よりも率直でいられた。それでもやはり、大人になってから出逢えた貴重な友人である彼の前で、私は最後まで泣き顔を見せることはできなかった。そのくせ彼がいなくなってからしばらくは、不在を感じるたびに思い出がランダム再生され、一人になると自分でもどうかと思うほど毎日勝手に涙が出た。

パスポートも持たずに彼は今頃どこを旅しているのだろう。更新されることのない彼のSNSのアカウントを、今もつい見に行ってしまう。

きみがいないことは
きみがいることだなぁ

私の好きなサニーデイ・サービスの曲にそんな歌詞がある。若い頃はぼんやり聴き流していたそのフレーズの本当の意味が、最近ようやくわかった気がする。

AirPodsは数年前よりだいぶ値段が高くなっていたので、あきらめて手頃なワイヤレスイヤホンに買い替えた。音質も悪くないし使用になんの不便もないが、失くした時にiPhoneの「探す」で探すことはもう出来ない。それでいい。目の前から消えようとも、本当に大切なものは簡単には失われないのだ。

完璧な設定

作田優

「お母さんと〇〇くんどっちが好き？」

　小学四年生の頃、幼馴染のAちゃんに、下校中そう訊ねられた。

「私はお母さんより好きな人のほうが好き」と話すAちゃんは堂々としていた。私はお母さんとも嘘の好きな人の〇〇っちとも答えることができなかった。お母さんが当時のAちゃんにとって絶対的な存在で、それを超える人が現れた決意表明なのだろうが、当時の私は意図がわからず、へえ、と思うくらいだった。

　その頃の私の悩みのひとつは、恋ができないことだった。小学校低学年のころから、周りの子はみんな好きな人がいて恋愛話に花を咲かせていた。好きな相手の星座を調べ、占い雑誌を読んで相性診断の結果に一喜一憂をしたり、今日は目が合ったとか挨拶ができたとか嬉しそうに話したりしていた。

みんなの恋愛話を聞いているのは退屈だった。みんなが同じゲームをしているのに、自分だけがそのゲームを持っていないような感覚だった。心の中の私が、小さな子供のように、床に寝転がって手足をじたばた動かして、欲しい！　欲しい！　と、暴れていた。私は、浮かないように立ち振る舞うために、欲しくないゲームでも手に入れる必要があった。

私は、元親友のKちゃんに小学校二年生の頃から好きな人を決めてもらっていた。

Kちゃんの好きな人の選び方はとても上手だった。人気者の男の子だと他の子と取り合いになってぎくしゃくするし、かといって給食にグリンピースが出てきた時に号泣するような男の子にするとみんなに笑われてしまう。Kちゃんはその中間にいる、優しいと言われている男の子や絵がうまい男の子や字が綺麗な男の子を選んだ。そうしたら人と好きな人が被ることはそうないし、好きなところを訊かれたら、優しいとか絵がうまいとか字が綺麗とかすらすらと答えられるのだ。

私には弟がいたので、男の子との会話に困らなかった。恋をしていないから、嘘の好きな人に話しかけることに抵抗はなく、アニメや漫画の話で盛り上がることが簡単にできた。

仲良くなるとみんなが「告白をしなよ」と言い始めた。小学六年生になると、学年に数組のカップルがいて、登下校を共にしたり、遊んだりしていた。たまにキスをしているカップルがいた。

嘘の好きな人は、学校からの家の位置が真逆で（家の位置は、私の恋を応援する友達の一人が教えてくれた）一緒に帰るのは面倒くさいし、遊ぶにしても私の家は町はずれにあるから待ち合わせが面倒くさい。キスなんて想像もしたくない。

Kちゃんが語るキスはねばっこかった。当時、ファーストキスはレモンの味なんて言われていたけれど、当時の私からすると、キスをすることは、互いの唇が接着剤でくっついて離れなくなってもいいくらい好きだと証明することであり、互いの鼻くそを口に入れ合うことくらいへんてこで不潔な行為だった。

ある日、Aちゃんの机の周りをみんなが囲んでいた。Aちゃんは泣いていて、みんなが慰めている。そしてAちゃんの好きだった人の悪口をいっせいに言った。なぜかAちゃんはお母さんより好きだった人のことを悪く言われているのに、嬉しそうだった。

頭の中に◯×クイズの×のほうが浮かんだ。ブブーの音のほうだ。Aちゃんの泣き声とともに脳内に大きく鳴り響くブブーの音。告白をしたら、×を向けられる可能性があると知り、私にも×の音が鳴ることを祈った。

嘘の好きな人の鼻くその味なんて知りたくない。

告白をする決意を固め、放課後の体育館裏に嘘の好きな人を呼び出した。

「好きです」

振ってくれ！　目をじっと見て告白をした。

嘘の好きな人は少し考える仕草を見せた。

「作田のことは嫌いじゃないけど、友達としか見れない」

とても言いにくそうに答えた。嘘の好きな人はいい人だった。ごめんなさいと謝りたい気分になった。漫画を貸し合って、毎日のようにアニメや漫画の話をしていたが、それ以外の話をしたことはなかった。だから、友達としか見れないという気持ちはすごくわかる。私も彼に対してそう思っていたから。

その後すぐ、夏休みになった。私は遊びに夢中で、嘘の好きな人に振られたことをすっかり忘れていた。夏休みが終わって、るんるん気分で登校をすると、机の上に漫画本が数冊置かれていた。嘘の好きな人に貸した漫画だった。嘘の好きな人を見ると、私をチラッと見て気まずそうに目を逸らした。言葉が出なかった。脳天までどくどくと心臓の音が鳴っている。すぐにみんなが慰めにきた。その瞬間、もう嘘の好きな人とは友達でいられないのだと実感した。ブブー。×の音が鳴った。

お母さんに叱られた時と同じくらいの強さの衝撃が涙腺にあった。ぽろり。涙がこぼれ、ひくひくと泣いてしまった。そうして、私が嘘の好きな人に恋をしていたという誤解と、振られた事実は、どんどん周りに知られていった。嘘の好きな人と大声でポケモンの曲を歌ったり、漫画のキャラや展開について話したりするのは楽しかった。もうあの頃には戻れないと思うたびに、脳内の×の音が大きく鳴り響き、音に反応した私の涙腺が緩むのだった。

翌日、Kちゃんの家で会議をした。Kちゃんは、あれほど仲良しだったのに優が振られるとは思ってもいなかったなーなんて飄々とした様子で言った。Kちゃんは私が○○っちに恋をしていないとわかっているから、他の子みたいに私を慰めない。私は大切な男友達を告白というもののせいで失くしてしまったため、複雑な気分だった。

「次の好きな人を決めちゃおうか！」

そう提案するKちゃんに、しばらく恋はいいや。と答えた。次の恋をしない私を、嘘の好きな人のことが忘れられない健気な子として周りは優しく扱った。

違うんだ！　嘘なんだ！　と言いたいのに、言えない卑怯もんだった。嘘つき。ばかもん。私は、恋を甘く見て人を傷つけていた。罰が下って当然だと思った。

中学生になってからも恋愛ブームは終わらず、会話内容はどんどん過激になっていった。コイバナという言葉まで流行り出し、恋ができない私は頭を抱えた。

Kちゃんの家に行った。Kちゃんは一年上の先輩と交際していた。

「お母さんより、好きになれる人を選んで欲しい」

Kちゃんはにこりと矯正器具がつけられた歯を見せて、「もちろん！」と答えた。このようなやり取りは、Kちゃんとの友情が途切れるまで続いた。

私たちは、砂にならなかった。

鈴木彩可

もし、私が砂になったらどうする？

これは、後輩の女の子が、好きな男に必ず聞く言葉だった。彼女は、札幌で最も偏差値の高い高校を卒業したあと国立大学に進み、そのままいけば、立派な会社で立派な役職を手に入れる人生を送るはずだった。

でも、それがつまらなくなってしまったのだという。

「あの高校に通うと、自分が普通の人間だっていうことが、わかっちゃうんですよ。まぁ悔しいから大学には行ったんですけどね、それもつまんなくなっちゃって……」

「つまんなくなっちゃって、それで、どうしたの？」と、私たちは深夜のパフェ屋で語らっていた。

この日が彼女とちゃんと会話をした、初めての日だった。

「いや、それで、バイトしながら、ラジオのオーディション受けたんです。」

相手の表情を認識できないほどの暗い店内で、季節のパフェを眺めながら、ほぼ初めましての彼女の身の上話を聞く。

私たちは、「ラジオパーソナリティの先輩と後輩」として出会って、その日は誰かの送別会だった。挨拶ばかりでつまらない飲み会を、なぜかその子と抜け出して、深夜のパフェ屋にきたのだった。

よく喋るその子は、鳴り物入りの新人として研修期間もなく深夜番組からデビューしていた。彼女は、私が「あいうえお」と言っている間に、「あいうえお、かきくけこ、さしす……」くらいまで言えるほどの早口で、それは見事な早口だった。歌うように喋るリズムの良い早口は聞いているだけで面白く、ただの身の上話なのに私は腹を抱えて笑った。


私よりも二つ年下で、デビューも彼女の方が遅かったけど、完全に敵わなかったし、これから先も絶対に敵わないなと思った。「才能」という文字が私の頭の中にガンっと降ってきて、私は粉々になった。

それはテトリスが終わりを告げるときのようだった。それで、仕方なく、白旗を上げたのだ。

白旗を上げると、私たちの間には壁がなくなって、あっという間に仲良くなった。

私の誕生日に二人で韓国旅行にまで行って、タクシーにぼったくられたりした。

辛いものを食べ過ぎて下痢をして、他にも楽しいこともたくさんあったはずなのに、そんなことしか覚えていない。

私にとって初めての海外旅行だった。彼女と行けてよかったなと思ってる。

韓国に行って、腹を下しながら、それでも私たちは恋バナをした。

私たちはいつ、どんな時でも恋愛をしていたし、いつ、どんな時でも恋愛が絶不調だったから、それを癒すように、漫画の主人公になり切って遊んだ。

「うちらって本当に、ハッピーマニアの重田だよね！」とかそんな感じだ。

その度に二人でゲラゲラと腹を抱えて笑った。


永遠だな、と思った。

なんだ、大人になってからも、永遠に仲良くできる友達ってできるじゃんって、その時初めて思った。よく「大人になってからできる友達には気をつけた方がいい」なんて言う人がいるけれど、そんなことはないし、私は大丈夫だと確信した。

そのくらい彼女といるのは、楽しかったのだ。

そんな彼女が、よく言っていたのが
「私が砂になったらどうする？」
という言葉だ。

この話を、彼女はすすきのにある激安の焼肉屋で肉をひっくり返しながら早口で説明してくれた。

「今こうやって、焼肉食べてるじゃないですかぁ。でも、急にシュルシュル〜って、私が消えて、ザーって砂になるんです。『ねぇ、あなたならその砂どうする？』って。これ、好きな男に聞くと、相手が自分のことどう思ってるか、わかる気がするんですよ」

「えー、そうなの？　例えば？」と私が聞くと、

「例えば、こないだ出会った、オバケみたいな顔した男いたじゃないですかぁ。あの人にも聞いてみたんですけどね、『は？　意味わかんない』って言われたんですよ。いや、意味わかんないのはわかりますよ？　わかるけど例え話なんだから、ちょっとは話広げてよって思って」

なるほど、と思う。確かに、好きな女の子なら「意味わかんない」では終わらせないかもしれないな、と思った。特に付き合う前なら。

「私も今度やってみるわ」と言って、残りのスミノフを飲み干した。

彼女は、頭の回転が速く、なんでもできる器用な女の子に見えた。私は年上だけど彼女に頼りまくっていたし、悩みを深夜まで聞いてもらったこともあった。

逆に、私が悩みを聞くことなんて少なくて、もしかすると、彼女だって誰かに頼りたかったのかもしれないな、と思う。ラジオのことだって、順風満帆に見えたけど、悩みを抱えていたのかもしれなかった。

私たちは二十代だったのだ。

誰にも言わなかったけど、時々ほんとに、砂になってしまいたいくらい、辛いことがあったのかもしれない。

それから程なくして、彼女はラジオのパーソナリティを辞めるという決断を下した。学生生活の終わりが見えたことや、お世話になってたディレクターが辞めてしまったことなど、いろんな理由があったのだと思うけど、本心はわからなかった。

「なんかもっと面白いことしようと思って。私、海外で仕事してみたいんですよね」

そう語る彼女は、前だけをみてキラキラしていた。

ラジオパーソナリティ卒業と共に、彼女にはちゃんとした彼氏ができて、嬉しそうに報告してくれた日のことが忘れられない。

「彼に、「私が砂になったらどうする?」って聞いたんですよ。なんて言ったと思います?」

「なんて言ったの?」

「ここで? 今? 君が? って焦って、そりゃあ片っ端から拾い集めるよって。そして、全部瓶に入れて、あやかさんのところに持って行く。これ、アイツなんだって。あやかさんにはわかるでしょ?って」

もう、十二年も前のことだ。

あんなにも、永遠だと思っていた友情関係だったのに、私たちはアッサリと疎遠になった。

悔しさだけで続けてきたラジオを、私は今でも生業にしているし、彼女は海外で働く夢を叶えて、今も元気に暮らしている。

特に、仲違いしたわけでもないし、何かがあったわけでもない。

私たちはお互いに、お互いの人生を歩んでいるだけなのだ。


十二年の月日が流れて、私は夫と結婚して子供が二人生まれた。久々に、このエピソードを思い出して、四歳の次女にあのワードを投げかけてみた。

「ママがもし、ここで急に砂になっちゃったらどうする？」

小さな頭で少し考えて、次女は
「んー、水かけてとかすよ！」と言った。

水かけて、とかす！　意外すぎる答えに、プッと吹き出し、

「ママ、溶かされるの？」と聞くと、

「でもそれ、砂でしょ？　ママはここにいるから」と、私の手を握った。


あぁ、と思う。

「私が砂になったらどうする？」と言って、誰かの心を繋ぎ止めたかった、あの頃の私たちを思い出して胸がギュッとなる。今すぐ過去に行って抱きしめてあげたいなと思う。

そして、十二年前の私や、あの子に伝えたい。

大丈夫だよ。大丈夫。ちゃんと愛されるから大丈夫。

私たち、砂になんて、ならないからね。

連れション人生

竹田信弥

「今日は、いないよ」

テレビの前で寝ている犬の頭の匂いを嗅いでいたら、小学生の頃の記憶がほんのり蘇ってきた。冒険だった。僕の『スタンドバイミー』。目的地は死体じゃなく、担任の先生の家だ。誰が言い出したか、長期休暇のある日クラスメイト三人で淡々と目的地を目指した。アポ無しだった。

その日は、漢数字の一と書いてまことと読むやつと漢字でどうかくか覚えていないゆたかのふたりと、朝早く最寄駅の隣の駅で待ち合わせた。たぶん、親に本当の行き先を言ってなかったのだろう。まことの指示だった。三人が揃った時、空は曇りだった。その頃の僕は、休み時間はクラスメイトと校庭でキックベースをするような活発な少年だった。しかし、それと同時に遠足や旅行が嫌いで、家族旅行のたびに行きたくないと玄関で駄々をこねるか、本当に体調不良になるくらい遠出をすることが苦痛だった。したくなかった。

そんな僕の行動範囲で、一番遠いところが映画を観るために行く隣駅くらいだ。それより先にひとりで行くことはない。もちろん友達と行くこともない。未踏の地。

いま考えると、目的地へは電車とバスを乗り継いでも一時間もしない場所だったはずだ。けれど当時はとても遠くまで行く感覚だった。二度と家には帰れないかもしれない。

移動中の車内では「先生驚くだろうな」から始まり、最近見たアニメ（当時は『エヴァンゲリオン』が流行っていた）の話なんかで盛り上がって過ごした。まことは旅（と言っても共働きの両親の病院にひとりで行くことが多く）慣れていて、とても頼りになった。彼について行けば、大丈夫。小学六年間ずっと頼りになる相棒だった。僕もいつの間にか余裕が出てきた。ゆたかだけが不安そうだった。

当時、携帯すらなかったのにどうやって先生の家を特定したのか全く記憶にないが、入り組んだ住宅街を歩き回って、担任の先生と同じ苗字の表札のかかっている家を見つけた。インターホンを押す。しかし、誰も出なかった。

予想外の不在に落胆しながら先生の家の前に座り込んでいると、犬を散歩しているおばさんが近づいて、隣の家に入っていった。しばらくして、また出てくる。その瞬間、三人とも「怒られる！」と思った。二人はすぐに立ち上がった。僕だけ逃げ遅れた。おばさんが何か言ったのが聞こえた。

「今日は、いないよ」

冒頭のセリフである。犬が僕にかけ寄ってくる。人懐っこい犬だった。犬好きな僕は犬を撫でながらおばさんの話を聞く。その人はどうやら先生の親戚とのことだった。帰りにその人の家の表札をみると、先生と同じ苗字だった。いや、実はその周辺は同じ苗字の人がたくさん住んでいたようだった。おばさんからは、先生は旅行に行ったという情報をもらった。セキュリティが緩いすごい時代である。結局、先生には会えず帰宅した。

先生の驚く顔は見れなかったけど、充実した旅だった。

誰かとなら遠くへ行ける。これはそう思う原体験である。だいぶ大人になった今でもこの感覚がある。

連れションという言葉がある。たぶん一般的にはネガティブな意味で使われるとも思うが、僕はそう思わない。連れションがなければ、僕は家から、いや部屋からも出なかっただろう。

M-1にも出れた。もちろん、漫才なのでそもそもひとりじゃ出ることはできないが、このひととなら出られるかもしれないと思い声をかけた。お笑いはずっと好きで見てきたが、自分が人前に出て笑わすというのは無理だなと思っていた。でももしかしたらいつか誰かが「漫才やろうぜ」と誘ってくれるのを待っていた。しかし、誰からも誘われることはなかった。誘われたら会社だってやめる覚悟はできていたのに。

誘われないなら誘うしかない。でも、誘うのにも勇気がいる。悩んでいたところ、イベントや一緒に本を作ってきた田中くんとなら出れるかもしれない、と思いたった。別件の打ち合わせが終わると同時に、漫才作ったから出てみようぜーっと冗談ぽく誘ってみた。いいよ、と軽い返事。なんとあっさりしていることだったか。仕事と並行してネタづくりと稽古をすることになった。

結果は一回戦敗退。まあそうだろう。とにかく緊張していて、何も覚えていないが、あのいわゆる三八マイクの前で漫才をしたことは一生の思い出だ。一歩踏み出せたのもひとりじゃなかったからである。

本屋もそうだ。僕は小さな本屋の店主をやっているが、いろんなタイミングで友達が新しい地平へ導いてくれた。今年十二年になるが、ひとりだったら続けていなかったかもしれない。

そもそも、高校時代にオンラインで古本屋をはじめようとしていた時も、何ヶ月もうじうじ悩んでいた僕の背中を当時友達だった現在の妻が、アイデアを聞いてくれて、アドバイスもくれたり、WEBサイトの絵も描いてくれた。立ち上げを一緒にやってくれたのがあと押しになった。

実店舗を開いて集客に苦戦していたので、イベントをしないといけないのに、僕なんかが企画しても人が集まらないんじゃないか、ゲストを呼んでうまく対応できないんじゃないか、と不安ばかりが頭を過って躊躇していた時に「とりあえず店長と僕のふたりいればいいじゃん」と言ってくれたのが先の田中くんだった。その後に書籍の依頼が来た時も、ひとりじゃ到底書けないと思い、共著という形で一緒に執筆にも付き合ってくれた。

他にも、雑誌を作りたいと思っていたけど、出版なんて難しいだろうなと最後の一歩が踏み出せない時に、編集部に入ってアドバイスしてくれた松井さん。本屋の始め方講座を一緒に立ち上げてくれた和氣さん。大著を一年以上かけて読み込んでいく読書会を始める時に、『百年の孤独』の案内人をやってくれた友田とんさん。他にもたくさんの人と一緒に、時間のかかる一歩をなんとか踏み出してきた。

連れションは人生と言ってもいい。連れションは世界を広げる。

先日ある本屋店主から「竹田さんにとって犬は友達?」と聞かれた。その彼は僕が犬好きなことを知っていた。その時は、答えに悩んでしまった。一緒にいると自分だけでは行かない場所に連れて行かれるという意味では、善き友だ。
そう、犬はおしっこもする。一緒にはしないけど。

直接は手に入らないもの

友田とん

かつて友人たちとルームシェアをしていた。シェアハウスという言葉が日常で聞かれるようになるすこし前のことだ。崖の上に理工学部のキャンパスがあり、その麓に古いマンションがあった。その一番上の階に（とはいってもキャンパスのある高さには到底届かないのだが）、玄関直結のダイニングから三つそれぞれの部屋に独立して出入りできるようになっている物件があった。大学院生どうしでその物件を借りて暮らしていたのだ。

正月のことだったか、ベランダに面した友人の部屋に集まって鍋をした。雑炊で鍋を締めくくり、くつろいでいると、部屋の片隅に積んであった漫画が目に止まった。『20世紀少年』とあった。私は一冊を手にとり読み始めたのだが、驚きの連続に手が止まらなくなり、二巻目を借りて自室に戻った。

主人公のケンジは都内で酒屋を継ぎ、コンビニを営んでいる。ある日、刑事が訪ねてきて配達先の大学教授一家が失踪したと知る。駆けつけた家の壁に不思議なマークを見つける。それは小学生だった頃に、秘密基地で仲間と考えたマークだった。どうしてそのマークが20世紀末の今ここに書かれているのか。友人から「このマーク、覚えてないか?」と書かれた手紙を受け取るが、その矢先に、友人が自殺したと知る。問題を追及していくうちに、どうやら「トモダチ」が率いる怪しい新興宗教と関わりがあるらしいことがわかる。子供の頃に秘密基地で「よげんの書」なるものを書いていたことを思い出す。なぜかその通りに、謎の生物兵器が世界の大都市を襲う。ケンジは仲間を集めて、地球の平和を守るため、立ち向かう。

続きが気になって仕方ない。けれどもルームメイトの部屋に勝手に入るわけにもいかない。翌日私はひとまず三巻目を本屋で買って読み、友人の帰宅を待った。そして、友人から残り全巻を借り、自室に籠った。夜通し読み続け、昼になっても研究室には行かず、読み終えたのは夜半すぎだった。

あの時、単行本は何巻まで出ていたのだろうか。とにかく、連載はまだ半ばで、最新刊まで読み進めると、いてもたってもいられずに、翌週『ビッグコミックスピリッツ』を手に取った。むろん、単行本に入っていない数話の空白が生じたわけだが、それでも続きが読みたかった。以来、毎週月曜日は、マンションの向かいのデイリーヤマザキでスピリッツを読むことが習慣になった。

熱にうかされているのは、私だけではなかった。ルームメイト全員が熱心な『20世紀少年』読者になったのだ。めいめい読んだ上で、月曜日の夜、皆が帰ってくると、その週の話を材料に推理しあった。今でいう考察というものかもしれない。

「この時点でこの人がここにいるね」

「ということは、トモダチの正体は、この人ではないということか」

「あの時のあの言葉はその伏線ではないか」

「まさかそんなはずは……」

しかし、気になって単行本を頭から読み直して、自分の記憶違いに気づく。あるいは翌日、最初から読み返した友人が自信満々に新しい仮説を提示する。

「俺にはトモダチの正体がわかった！」

そして、翌週の連載でその確信はまた覆された。

どうしてあれほど私たちは『20世紀少年』にハマっていたのだろう。私の場合、数学の研究がなかなか思うに任せなかったことも理由のひとつに違いない。それに、数学の研究は孤独だ。もちろん、仲間が自分の知らないことを教えてくれたり、助けになることは大いにある。けれど、仮に同じ分野を研究していても、分野の中はさらに細かく分かれていて、深いところまで一緒に議論できるというのは稀である。結局、最後は自分一人で何かに立ち向かわなくてはならないのだ。それに引き換え、『20世紀少年』は冊数の限られた漫画を完全に共有することができた。議論が成り立つわけだ。同じものを読み、ああでもない、こうでもないと言い合っている時間が楽しかった。『20世紀少年』が作品として面白かったことは間違いないが、そうして語り合う時間のために、私は黙々と読み、考え、また読み返した。

まだ連載がつづいていた頃、著者の浦沢直樹が「『トモダチが誰なのか？』という問いは本質ではない」（意訳）とインタビューで言っていた。それを読んだ私は、よくわからなかった。あの作品にとってはトモダチが誰かが本質なのではないか。そして、物語には矛盾のない一貫性が保証されていなければいけないのではないか。そうでなければ、私たちは真剣にその秘密の解明にのめり込むことはできないのではないか。

しかし、二十年近く経ち、ようやく著者の言葉が少しは理解できたような気がしている。『20世紀少年』の謎を追い求めるうちに、その謎を推理して過ごした友人との時間を私は手に入れたのだ。それこそが本質だった。

それで思い出したのが、チリ出身の小説家、ロベルト・ボラーニョの遺作となった長篇小説『2666』のことだ。私はこれが好きだ。正体不明のドイツの小説家、ベンノ・フォン・アルチンボルディの行方を追うこの小説は、二段組で800頁を超す大作で、五部に分かれている。第一部「批評家の部」では、ヨーロッパの各国でアルチンボルディの翻訳や研究をしている四人の批評家たちの交友が描かれる。当初は、フランス、スペイン、イタリア、イギリスでそれぞれが偶然、アルチンボルディの作品と出会い、魅せられて翻訳や研究をしているが、やがて論文や学会を通じて互いの存在を知る。学会で集まって飲み明かしたり、互いの都市を訪ねたり、電話やメール（90年代が舞台であるため、SNSはまだ存在しない）でやりとりを繰り返すようになる。学会で訪れたドイツで、アルチンボルディの本を出している出版社を訪ねる。男三人、女一人。暮らす国も違えば、世代も大きく離れているが、やがて親密な関係に発展したりもする。アルチンボルディに会ったという人物やアルチンボルディらしき人物の足跡などを手に入れたりするものの、本人には辿り着けない。だが、やがて行方を追ううちに、メキシコでアルチンボルディの世話をしたという男が現れる。彼／彼女らはアメリカ国境近くの街、ソノラ州サンタテレサへと向かう。そこでは女性連続殺人事件が起きている。

おそらくそれこそがボラーニョが読者に読ませたかった出来事だが（この事件は、シウダー・フアレスでの事件をモデルにしている）、巻頭に置かれた「批評家の部」の魅力は何よりも、こうしたアルチンボルディという大きな謎を共有することで生まれる批評家たちの交友である。途中、すっかりアルチンボルディのことなど忘れて、朝まで友人たちが飲み明かす時間を読んでいて、私は微笑ましい気持ちになる。そしてこう思うのだ。アルチンボルディという共有の謎がなければ、彼／彼女らがこうして楽しく飲み明かすこともないのだ。それは得ようとしても直接は手に入らない時間だ。

マウンテン藤さん

西一六八（いろは）

友情という糸があるならば、どうやって、赤の他人をむすびつけているのだろうか。

幼少期から引っこみ思案だった私は、とにかく口下手で友だちが少なかった。仲のよいクラスメイトはいたものの、環境の変化で疎遠になってしまい、むすばれていた糸は自然にほどけてしまった。SNSで流れてくる近況報告では、仕事に家庭になんだかんだと、彼女たちは忙しそうである。友だちだったはずの子は、名前くらいは知っている他人になっていた。

宙ぶらりんの糸に気づいたものの、持ちまえの消極性を発揮した私は、それをむすびなおそうとはしなかった。その代わり、ひたすらに本を読んだ。少女のころから近代文学が好きで、好きをやめるタイミングがないまま、いい大人になった。もはや、誰かと友情を育むことは不可能、ぼっちをきわめるのだ！　それこそが私の正義と息巻く反面、竹馬の友的な存在にあこがれ、その不在をなげいた。矛盾のなかでさまよっていたのだ。

もっと大人になった今ならば、ネガティヴなあのころの自分を励ましてやれる。

私は思う。友情に必要なものは、つきあった月日の長さではなく、魂が共鳴するかどうかではないか。電撃が走るような友との出会いは、いくつになってからでも、きっとある。

ここからは――〝ふじさん〟のことを書く。

マウンテンの富士山ではない、敬愛する友人、藤乾女史のことだ。この名前はペンネエムなのだが、いわく、「私を呼んだときに富士山が過ぎればいいなと思って」という理由でつけたらしい。

そんな藤さんとの出会いは、彼女がSNSに投稿した講演会のレポート――太宰治と織田作之助関連のものを、私がみつけたことがきっかけだった。

太宰治、いわずと知れた小説家である。破滅的な人生が注目されがちだが、「走れメロス」や「斜陽」などの胸に迫る名作は、時代を越えて読みつがれている。そして、大阪の市井の人びとを書いた小説家、織田作之助は、戦後の混乱期を待っていたかのように、「世相」などの作品を書き飛ばし、結核によって病没した。

昭和二一年一一月、太宰と織田は、座談会にて初めて対面を果たした。現代において、両者は〝無頼派〟という文学派閥でくくられているが、彼らがそう自負していたわけではなく、のちの読者がラベリングしたものである。座談会以前も格別につきあっていたわけではない。いくらか手紙のやりとりはしていたようだが、まあ、それくらいだ。しかし、研究者によると、両者は作品において刺激を受けていて云々――

詳細なレポートを読んだ私は、ひとしきり感動した。内容もさることながら、藤さんのアイコンは、彼女が描いた織田作之助の似顔絵だったので、近代文学ガチ勢だ！　という手ごたえを感じたのである。他人との共通点がみつかると、いきなり大胆になってしまう私は、レポートの投稿にいいねを飛ばしまくったあと、アカウントを速攻でフォローした。幸いなことに、藤さんは社交的だったので、どこの馬の骨かもわからない私に、挨拶の返信をくれた。よかった、逃げられずに済んだ。

それから、私と藤さんは急速に仲を深めた。中学生の女子が手紙を交換するように、近代文学にまつわる思いを打ちあけ、調査研究や資料の情報を共有し、毎日のようにやりとりをした。それ以外の他愛もないことでさえ、藤さんはなおざりにせず、私に投げかえしてくれる。二人のあいだで編まれるものが、私のがらんどうな胸を温めた。顔をほころばせ、一人で踊ってしまうほど、うれしかった。

藤さん——彼女が偉大なる富士山ならば、私は月見草になりたいと思う。このまま、親しくいられると信じていたし、疑いの余地は微塵もなかった。しかし、彼女との関係は、突如として絶えたのである。

ある日をさかいに、藤さんの投稿がぱたりとなくなった。引っ越しをするといっていたので、忙しいのだろうと思っていたが、三日、二週間、一ヶ月……と空白の期間が更新され、さすがに真顔になった。引っ越し、長すぎないか？　可能性がよぎる、よくないことがあったのではと……

「〇月〇日、〇〇はこの世を去りました。生前は大変お世話になりました」というメッセージが投稿されることが、ＳＮＳではたびたびあった。もし、藤さんがそうだったら、私はどうすればいいんだ。なにかしらのアクションをとることはできたが、期待する返信がなかったらと思うと、ひどく怖かった。毎日、藤さんが帰っていないか、アイコンをタップしたが、最後の投稿は同じだった。数ヵ月が過ぎ、もう彼女のことは忘れようと思った。友情など儚いものである、現実のつきあいでさえ、有効期限はあっというまだし、ＳＮＳでのそれなんて、一瞬のすれちがいに過ぎない。そんなことは承知していたつもりだが、たびたび回想してはため息をついた。

そういえば、織田作之助が亡くなったのは、昭和二二年一月で、太宰治と会ってからおよそ二ヶ月後であった。織田の印象について、こいつは死ぬ気だ。死の壁以外になにもないのがみえる心地がした、というようなことを太宰は書いたけれど、馬のごとく一息に走り抜けていくとは、さすがに思わなかったんじゃなかろうか。そして、「織田君！　君は、よくやった」でしめくくられるこの追悼文は、きっと、社交辞令で書いたものではない。〝無頼派〟の座談会を読むかぎり、文学論を投げかわし、大いにふざけながら、彼らの魂は共鳴し——友情が生まれていたように感じる。もし、織田が生きていたならば、無頼派の友情の糸は、どのような彩(あや)をなしただろうか。そのあとの作品を読んでみたいな、と夢想した。

織田作之助に藤さんがかぶる。しかし、現実は変えようがない。もし、などという選択肢は、端からありえなかった。

藤さんがいなくなっても、私の日常はさらりと流れた。ただ、彼女がいたはずの席がからっぽなだけだ。働いて、食べて、寝る、そのうえでは、友だちなどなくても困らない。

それから、またたくまに一年以上が経った。会社の仕事に嫌気がさした私は、近代文学を愉しむ活動がしたい、する！　という決意をかためていた。当然、一人きりでどうにかする気でいたのだが……

ある日のこと、いつものようにSNSをチェックしていると、思いがけないものを目にして、画面をスクロールする指が止まった。覚えのあるアイコン——織田作之助の似顔絵がそこにあったのだ。心臓がはねる。アイコンのそばには、こう投稿されていた。

「藤です、帰ってきました」

生きていたのである。

力なく垂れていた私の糸が、一気に張りをとりもどし、みひらいた目には涙がたまった。

「おかえりなさい」

返信をしながら、私は全身を震わせた。

うれしかった。会ったこともないのに、たまらなくうれしかった。鼻水をすすり、まっさおに輝く富士山を思った。

結局、お互いの顔をみたのは、出会ってから二年以上が経ってからである。待ちあわせの駅に立っていた藤さんは、黒髪ショートカットのしゅっとした女史で、織田作之助の似顔絵、そのものだった。

空白を埋めるように、私たちはおしゃべりをした。文学のこと、他愛もないこと、もっとたくさん！　そして現在、藤さんは私のよき右腕として、近代文学を愉しむ活動の伴走をしてくれている。

私たちの友情の糸は、どのような彩をなすだろうか。先日、富士への登山も約束したのだ。いろいろ愉しみで、死んでいるどころではない、そうでしょう？

夜道でたまに思い出す

野口理恵

昔から怒ると笑い出してしまう癖がある。本気で怒れば怒るほど吹き出してしまうのだ。

もちろん笑いたくて笑っているのではない。これは癖というよりも、怒りやストレスを感じたとき、無意識に笑うことで自分を落ち着かせようとする生理反応のようなものらしい。同じ症状の人が「自分は精神の病気ではないか」と心配してネットに書き込んでいるのをたまに見かける。それにしても、なんて感じの悪い生理反応なのだろう。喧嘩の最中、相手の気持ちを逆撫でしてしまうから、余計に関係はこじれてしまう。この生理反応のせいで事態はさらに悪化してしまうのだ。

喧嘩をして怒ったことは数え切れないほどある。しかしそれは交際相手などの異性に限ってだ。若さゆえの痴話喧嘩、物が飛び交うガチ喧嘩。四十歳を過ぎれば酸いも甘いも嚙み分けて、多くの修羅場を潜り抜けてきた。しかし、「人前」では絶対に喧嘩をしないと決めている。なぜなら怒ると笑う癖があるからだ。

　だから私は女性と喧嘩をしたことがほとんどない。あるのは中学二年生のときのただの一度だけ。人前で喧嘩したのもこのときを最後に、三十年近くしていない。


　喧嘩の相手は、同じ部活の同級生で、テニスがめちゃくちゃ下手くそな女の子だった。彼女とは、普段一緒にいたわけでもないし、遊んだ記憶もない。大人になってからも一度も会っていない。そして今後も絶対に会うことはない。なぜなら彼女は二十歳そこそこで白血病を患い、あっという間に亡くなってしまったからだ。人伝にその話を聞いて、人並みに人生の儚さを憂いたりしたが、彼女が亡くなったからといって感傷的になることもなかった。そしてきっと彼女も亡くなる直前、私のことなど思い出さずに逝ったのだろう。つまり彼女と私のあいだには、世間一般的に考えられるような「友情」は一切ない。

　喧嘩の理由は、テニス部の球拾いをするとかしないとか、ささやかなことだった。

「どうして私が球拾いなの」と聞かれて、痛いところを突かれたと思った。私のチームは地域優勝を目指す強豪校で、非情にも能力別にグループ分けされていた。私は運動神経だけは良く、大会の個人戦で第一シードに登録されていたが、彼女は補欠のなかでも一番下のグループにいた。

「ひどいよ、私が下手だからって」と言われたことを覚えている。球拾いしかやらせてもらえない彼女の怒りは私に向けられていた。彼女の怒りはどんどんエスカレートしていき「ずっとむかついてた」「私を見下してる」と、この場とは関係ないような愚痴まで吐き出していく。私も売り言葉に買い言葉で、周りの目など気にせず罵り合いになってしまった。

そして私は笑った。怒り、泣き、どう考えても笑いどころではない場所で、おおいに吹き出した。笑いたくないのに、話すたびに「フフフッ」「プッ」と出てしまう。それを見ていた同級生は怪訝な顔になる。私は悪者だ。弱者をいじめる悪魔みたいだ。そもそも私は人から好かれるようなタイプではない。エースなのに部長になれなかったのは、人望がない証拠だった。実際、テニスが下手な彼女を可哀そうと思っていたし、努力をしない同級生とわかりあうことはなかった。ちなみに小学五年生のとき、作文や絵でいつも表彰される私を妬んだ同級生が「野口さんは先生に贔屓されている」と問題にした。そしてそれがそのまま学級会の議題になった。なんという地獄の時間だろう。担任、クソすぎるだろう。

人前で怒りを発散できない私は、内へ内へ、怒りを溜めていく。そしてたまに身近な人の前でだけ爆発させることがある。

父が他界し、両親がいなくなったとき、叔母と遺品整理をしながら今後の話をしていた。叔母は重い空気にならないよう、場を和ませるために冗談っぽく話し始めた。

「うちの家系はよく怒る家系でね。特に女は怒りやすいの。私が子どものころ、あなたのおばあちゃんは味噌汁を天井に向かって投げていたし、あなたのお母さんはピアノの椅子をお父さんに向かって投げていたでしょう。私もよく皿を投げてるわ。あなたも怒ると、ものを投げるでしょう？」

怒るとものを投げる家系ってなんだよ、と当時は高を括っていたが、これは「呪いの言葉」だった。仕事に追われていた離婚直前、食卓に並ぶのはいつも出前の品ばかりだった。仕事と家事を両立できないダメな私は、申し訳ない気持ちでいたのだが、元夫に「また出前？」と言われた瞬間、怒りが爆発した。そして私は「じゃあ食べなくていい！」と、CoCo壱のカレーを勢いよく壁に向かってぶちまけたのだ。

友人から一歩踏み込むと、他所行きの私の中から「本当の私」が姿を現す。本当の私はいつも怒っている。あまりに頭にきて目の周りの毛細血管が切れてしまい、数日間、数本の赤い筋が目から額にかけて伸びて『X-MEN』の能力者みたいになったこともある。いままで身につけたすべての知見を生かして、相手の嫌な部分をねちねち突き、全力で相手を貶めようとする。そしてものが飛ぶ。やはり血は争えない。

「あのとき泣きながら笑ってたのウケる」

いまでも連絡を取り合う中学の同級生は、酒を飲みながら当時の私を思い出してケラケラ笑う。

「怒ると笑うのって私だけ？」

「あんまないんじゃない？　っていうか、怒りながら笑うの知らない人が見たら怖いんじゃない。でもそも怒ること自体が無駄な行為だよね」

彼女は八年前、私が別居のために家を出たときに居候させてくれた命の恩人で、私の数少ない友人のひとりだ。

私は怒号が飛び交う家で育った。毎晩繰り広げられる両親の喧嘩でお腹いっぱい。家の外でくらい穏やかでいたい。喧嘩なんて体力の無駄だし、喧嘩をしたところで何も解決しない。両親のように人前で負の感情を見せるのはかっこわるい。多感な中学生の私はそんなことばかり考えていた。「みーこちゃんはりえちゃんじゃなくて私と仲良くしたいって」と友情を独占しようと喧嘩をふっかけてくる意味不明な女、私の机の中にわざとノリをぶちまけて嫌がらせをする女たち。私は彼女たちと向き合わず軽く受け流していた。自分が女だからこそ女が嫌いだった。十代の女なんてみんな自分のことしか考えていない。じめじめメソメソしやがって。私はそんなのに構っている余裕はないのだ。なぜなら家庭が崩壊しそうなのだから。ぐつぐつと煮えたぎるような怒りを抱えながら、私は同級生との面倒なやりとりを避けていた。きっと大人からは感情表現に乏しい、冷めた子どもにみられていただろう。

テニスが下手くそな彼女との喧嘩は、家庭が一番大変なときに起きたできごとだった。結局家庭を崩壊させた我が家の喧嘩に比べれば、あまりに稚拙で、とるに足らない喧嘩だ。でも私が人前で感情を露わにした唯一の喧嘩だった。後にも先にも、あれが最後。

私は彼女が死んだと聞いても、一切の涙を流さなかった。でも、たまにひとりで夜道を歩いているときに、ふと彼女との喧嘩を思い出す。これまで起きた素敵なできごとは次々と忘れていくというのに、どうしてこんなつまらないことばかり思い出すのだろう。

そうか、あの子はもういないのかと思うと、ほんのすこしだけ寂しい。寂しいと感じるということは、もしかしたら遠い記憶のなかで、私は彼女を友人とみなしていたのかもしれない。私が感情をぶつけあった、唯一の女の子。私と彼女のあいだには友情なんてない。でも彼女は私の中で忘れられない人になっている。もしかしたらこれが友情なのかも、いや、違うか、なんて行ったり来たりしながら、頭の中で彼女の下手くそなフォアハンドを思い出す。いびつなフォームでボールを打ち返せない。彼女が存在しない世界で、私は彼女のことを確かに思う。

批評

随筆時評　第一回

柿内正午

随筆の批評？

本連載は「随筆時評」と冠されている。直近の随筆を読み、そこから時流を見立てるというのがまずひとつ。そして、僕という一個人の生活感覚が、諸作を読みつつ予感するものの輪郭を、エッセイとして探っていくことがもう一面にある試みになるだろうと思う。

さて、第一の段落で僕はすでに何かを評し論じる類の文章としては大きな禁をふたつも犯している。まず、一人称が「僕」なのがよくない。それに「思う」とか書いちゃうのもだめすぎる。いちおう、人によっては耐え難いこのような軽薄さを方法として採るのには、浅いながらも考えがある。

というか、これも第一の段落に書いているのだけれど、僕はこの時評に、エッセイとして取り組んでいくつもりだ。エッセイに批評がありうるとすれば、それはエッセイという形式をとらざるをえないと考えているからだ。しかし、そもそもエッセイに批評は必要なのだろうか。

本誌の企画者のひとりである宮崎智之は「随筆復興」を掲げ、エッセイの地位向上を旨とした精力的な活動を続けている。『すばる』二〇二五年一月号には「エッセイを批評する」と題した論考を寄稿しており、そこではエッセイについての「批評」が不足していると述べ、「エッセイ批評」の起動を宣言した。

宮崎は〈エッセイをきちんと批評することで読者の視野は開け、より深く作品を楽しめるようになるはず〉と語る。〈きちんと批評する〉とはどういうことか。宮崎の論を追っていくと、各作品をある歴史観の上に位置づけることで、ジャンルを耕し、未来へ繋いでいくという問題意識が読み取れる。ある一編のエッセイを、書き手と読み手の二者間で消費されるような即時的レスポンスではなく、より大きな文脈の上に位置づけるような営み。それを可能にする第三項として「批評」が考えられている。

エッセイに対する散文での応答が不在だったのは、理由のないことではないだろう。エッセイは、制作者が「真実」を特権的に占有しているというイメージに強く規定されている文章表現であるからだ。要は、本人がそう言ってるんだから、外野からやいのやいの言うのは野暮、という印象を、読み手も書き手も抱きやすいジャンルなのである。

「私」が特権的に占有する「真実」？

個人が「真実」を特権的に占有する（かのように見せかける）という文章表現における戦術は、明治期の近代文学黎明期から現在に至るまで、連綿と引き継がれてきたものである。

柄谷行人は『日本近代文学の起源』（二〇〇八年、岩波現代文庫）で、内村鑑三のキリスト教信仰を、政治的敗残者のルサンチマンによる倒錯であると喝破した。士族の生まれでありつつ、廃藩置県により将来享受するはずだった特権が無効化した内村にとって、「告白」というものは、現実における不遇とは別のレイヤーで、おれのほうが本当のことを素直に話している、というような権力闘争を仕掛ける手段であったというのだ。現実で成功するようなやつらは嘘ばっかりだ、という形で、内面世界においての優位性を確保しようとする内村の「告白」は、ねじくれた権力への志向であり、明治維新期に政治の中枢に入りそびれた旧士族の、政治から精神への撤退に過ぎない。ここで注意するべきは、「告白」する者はもとから「告白」するべき「真実」を有しているわけではないということだ。「告白」という行為が先立ち、「真実」という内容はあとから成立するのだ。内的なものの「告白」は、それによって事後的に成立する「真実」を占有し、すくなくともその「真実」性においては誰にも負けない、現実には持たざるものたちのミニマムな必勝法なのである。

近年のエッセイの盛り上がりは、技術的要件によって規定されている部分がほとんどであろう。だれもがインターネットによる擬似活字を駆使できる現代において、内村のような「告白」必勝法は、ほぼ万人にひらかれていると言ってよい。皆おのおの「告白」すべき「真実」を有している。そして、個々人の「真実」は、当事者以外の誰かに何と言われようと不可侵なものである。エッセイを批評するというのが、書き手の「告白」の真正性を判断するという営為としてあるのだとしたら、それほど不毛なものはあるまい。では、どのような判断基準がありうるだろうか。たとえば、現実の政治からの逃避としてあった「真実」を再政治化するという理路はどうだろう。

矢野利裕は「サブカル私小説系から当事者性へ　現代文学の大衆性をめぐって」（『文学＋04』二〇二四年、私家版）で、近年の「当事者性」という問題系の起源を、二〇〇〇年代半ばのサブカルチャーに見出す。松尾スズキ編集のサブカル雑誌『hon-nin』（二〇〇六年、太田出版）の創刊、単行本化もされたリリー・フランキー『東京タワー〜オカンとボクと、時々、オトン〜』（二〇〇五年、扶桑社）やECD『失点・イン・ザ・パーク』（二〇〇五年、太田出版）などを紐解きながら、「サブカル私小説系」を現代文化史に説得的に位置づけていく矢野は、明治期以来の私小説と「サブカル私小説系」との違いとして、従来は文化的エリートの試行であった私小説が、現代においては娯楽の一つとして大衆性を獲得した点を指摘する。

有名人の生活の内実を知りたいというゴシップへの窃視的欲望。そのようなニーズに節操なく応える見世物的構造自体に功罪はあれど、サブカル界隈における文章表現上の自己開示にかかわる技術の蓄積が、個人の生の特異性およびそれらと緊張関係にある社会性・政治性という、長らく小説の現場で敬遠されてきたものを、多くの人と共有可能な「主題」とすることを準備した。このように、「サブカル私小説系」の見世物性が近年の文学作品の「主題」の水準の見直しに通じているのだとして、矢野はエッセイのポピュリズムに対し肯定的な態度をとる。しかし、ほんとうにそれは肯定しうるものなのだろうか。

「自己表現」は「国家」と手を結んでいる

森脇透青は、〈私は一部の作家や批評家や業界誌が発言と表現の権利を独占していた時代に戻るべきだとは思っていない〉と留保した上で、〈「表現」が無条件に尊いものだなどとまったく思わないし、みなが誰でも内面を「自己表現」しうる「一億総活躍社会」的状況を「自由」とみなせるほどにはリベラルあるいはネオリベラルではない〉と自身の立場を表明している。[*1] 僕はこれに同意する。

再び柄谷に戻れば、近代的な「内面」というものは、自ら政治上の「主人」の立場を放棄することで、風景をまなざす定点としての「主体」を獲得するという転倒によって顕在化したものである。柄谷にとって、「内面」を持った「主体」というイメージは、個人を統治する「主人」としての「国家」と相互に補完するイデオロギーなのだ。われわれは内にある「真実」を大事にしようとすればするほど、無自覚のうちに自らを抑圧する「国家」を正当化してしまっている。「内面」と「国家」は手を結び、多数性を抑圧する専制システムとなる。

たとえば、現在において書く個人らの、言葉は身体よりも偉いという信条が、上記のような事態を支えている。ままならない身体を合理的に律するセルフケアの発想は、国家支配の論理と直結する。このように、個人の「内面」に宿る「真実」の称揚は、すぐさま「国家」へと動員されてしまう。自己表現の「自由」は、すぐさま数の論理へと収斂していくのだ。

「〈表現〉は必ず〈政治〉に負ける、と思った記録。[*2]」というエッセイで伏見瞬はこう述べる。

現代の日本の政治システム、有権者が政治の代表者を選出する代議制民主主義と呼ばれる制度は、多数決で政治の代行者が決定される。日本の慣習では代行者をまとめあげる「党」が存在し、「党」の単位で政治の決定権が動く（と考えられている）。国政において代行者の姿勢を動かすには「党」を動かす必要があり、「党」を変えるとすれば、全有権者の数十パーセントの支持は必要だから、数千万人の支持を要する。「数千万人の支持」は、「時代の雰囲気への同調」なしには考えられない。「雰囲気」を形成しているのは、数千万人単位の人々なのだから。

このように考えると、〈表現〉と〈政治〉を両立させるのは不可能だ。〈表現〉は「時代の雰囲気」に同調してはいけないし、〈政治〉は「時代の雰囲気」の同調なしには成しえない。（…）「〈表現〉は、時代と対峙するものでなければならない（引用者註：保坂和志の発言）」。だとしたら、〈表現〉に関わる者は、人数と時代の雰囲気で決まる国家の〈政治〉に勝利することはない。代議制民主主義に、勝利は存在しない。数千万単位の多数決における勝利を喜ぶ者

＊1　「誰もが表現を「試みている」時代に　表現のポピュリズムを考える」（『週刊読書人』２０２３年10月６日号）

＊2　https://note.com/shunfushimi/n/n39c41d0233b8

は、その時点で〈表現〉からこぼれ落ちてしまう。

宮崎は前述の論考において、「社会の言葉」と「個人の言葉」を対置し、後者の側に立つものとしてエッセイを位置付けるのだが、これは内村鑑三の政治的策謀としての「告白」の追認に陥る危険性をはらんでいる。あるいは、矢野のように大衆性の可能性をポジティブに読み替えたところで、「数千万人の支持」のために「時代の雰囲気への同調」をなすような文章表現を〈表現〉として論じてしまえば、同じことであろう。

「告白」への総動員ほどおぞましいものはない。エッセイ批評において重要なのは、〈「表現」が無条件に尊いものだなどとまったく思わない〉ことを前提としたうえで、個人の私的な表明が、けっきょくのところ「自己表現」の「一億総活躍社会」への圧力としてしか機能しないものなのであれば否認するという態度であろうとひとまずは考えている。

おしゃべりの可能性に向けて

改めて宮崎「エッセイを批評する」の道筋を追ってみたい。たとえば、宮崎は早乙女ぐりこの諸作品の読解から、〈日常で起こる些細な出来事を写実する能力〉を現代エッセイひとつの要件とするのだが、これは柄谷の「風景の発見」とは微妙に異なるようでもある。早乙女のエッセイにおいて、写実の向こうにあるのは占有すべき「真実」などではなく、あくまでままならない個人の心身の生に留まっているようにも見えるからだ。
あるいは、友田とん『『百年の孤独』を代わりに読む』（二〇二四年、ハヤカワ文庫NF）では、ある小説作品を読むという、私的な経験をあえて文章表現として再演し、共有可能な形を制作する試行として読む。そして、小林えみ『孤独について』（二〇二四年、よはく舎）を、「孤独」にまつわる主観的な探索の記録でありながら、ひろく対話に開かれた文章であると評価する。とにかく共通するのは、「真実」を占有物として発想しない態度である。宮崎の読むエッセイでは、個人の経験がオープンソースのように共有されるものとしてある。

個別具体的な作品評を経由して、宮崎はエッセイを「一から多」ではなく「一から一」へ向けた姿勢をもつ文章表現として定義する。エッセイは一人の書き手が多数の読者に対して排他的に「真実」を独占するための手段ではなく、つど「一から一」の「会話」を誘発するものなのである。〈ある社会、時代の定点としての作者と会話する〉ものとして示唆するエッセイを批評するとは、文章上に「仮固定」された孤独な個人と、本を読むほかならぬこの私との、おしゃべりの試行としてとらえられている。

エッセイ批評とは、おしゃべりである。宮崎はこのようにして、「内面」と「国家」とが結託するような、「自己表現」の「一億総活躍社会」を回避する理路を確保しようとしていたのだった。

あるエッセイに語りかけられたと感じたある個人が、ついしゃべりだしてしまう。その発話がまたどこかでべつのおしゃべりへと脱線していく。そのような「運動体」のきっかけとしての批評。これは、森脇のいう「批評のエッセイ化（＝ポピュリズム）」にほかならないであろう。しかしそれが全面的な批判はできないものである以上、望ましいありようというものを探っていくべきであるはずだ。おしゃべりの質的差異を考えてみる必要がある。

適度に他人事であること

エッセイにおいて自明とされがちな、文章と書き手の同一視は、エッセイを「告白」として受容し、そこで開示される「内面」の肯定を通じて「国家」の抑圧を密かに追認してしまう危険があるのだった。そのようなエッセイは評価できない。そもそも、「真実」を特権的に占有されてしまっては、おしゃべりが成立しない。

そこでまず、エッセイと制作者の切り離しが要請される。宮崎の論考において、この分離のために召喚されるのは、小原晩、オルタナ旧市街というふたりの制作者の目である。かれらは〈日々の欠片や断片を集め、サンプリングすることで映像のような写実的描写〉を行うのだとして、近年は千葉雅也がよく使用する「切断」や「仮固定」などの語彙を駆使しながら説明される。

これをいったん引き受けながら、ひとつの仮説を立ててみよう。エッセイを評するという行為を、本稿ではおしゃべりと捉えようとしている。おしゃべりとは、そこで語られている内容を発話者に特権的に占有させたり、真偽や善悪を判断する審判のような第三者——たとえば社会通念とか名指されるもの——におもねるようなことをせずに、ただそれをなす当人同士のあいだでそのつど形成されるものである。

この場合、エッセイの書き手と書かれたエッセイとをべったりと同一視することは避けておいた方がよい。おしゃべりにおいて、発話者の人格を判定するという行為は、個人の生をおしゃべりとは関係のない誰かの価値尺度において断ずるということであって、端的に下品である。おしゃべりは政治ではない。しかし、人間らの「一から一」の関係という点で政治的ではある。このふたつを一緒にしてはいけない。政治は個人を手段としてしまうが、人付き合いは個人こそが目的なのである。

ここではあくまで読み手の側の姿勢の話をしている。エッセイを書く側がそこにどれだけ実存を込めていようがあまり関係はない。どれほど苦心して書こうが、雑に書き飛ばそうが、文字は文字だ。どのような放言も、熟慮の上の発話と等しくその領域に取り込んでしまうのがおしゃべりのすごいところ。人の話を聞く時のコツは、まず距離をとることだ。他人というのは自分とは違うということを素朴に認め、相手の発話の意図を自分に引きつけて考えないことだ。相手は相手の見ているものをもとにして語る。エッセイの書き手と対象は、きちんと切り離した方がいい。問題は、誰が何を語っているかではない。語ることでフィクショナルに生成される「書き手」という個人を気遣い、話を聞くことなのだ。しつこいかもしれないが、この「書き手」とは、それを書いた具体的な誰かとは別ものの、文字列を真に受けることではじめて立ち現れるなにものかである。

ユーモアこそが現場

日本近代文学において、言葉と我との問題は「言文一致」や「自然」という概念とともに小説において模索された。「内面」を「告白」することのような言語表現とは、超越的な視座から自己の苦痛を卑小化するイロニーである。対して自身の状況をメタレベルで見下ろし「何でもないよ」と激励するのがユーモアだ。ユーモアの言語表現とは、たとえば近代以前から連なる詩歌の系譜であり、「写生」の技術である。ユーモアは言葉と物との隔絶を扱う。

自然主義における風景の創出とは、一種の寄物陳思である。物に寄せることではじめて陳情しうる内面が創出されるという転倒がある。自然主義のイロニーに対して、写生文はユーモアである。後者は、物を物として扱い、思いを寄せない類の自然主義であるといえるだろう。大塚英志の傑作『怪談前後』（二〇〇七年、角川選書）に即していえば、田山花袋ではなく柳田の系譜にこそユーモアはありうる。

宮崎にとっての小原、オルタナの目は、後者に属する。言葉と我の二者はどちらも観念であり、どこまでも極論をつきつめていくほかないイロニーに撞着しがちであるが、物というのは具体的に限界がある。ユーモアは、言葉によって有限的な人間の条件を超越しつつ、ごつごつした物自体を根拠にそんな超越は不可能であると告知するものなのだ。

「クリティカル・エッセイズ」と副題を添えられた『ひとごと』（二〇二四年、河出書房新社）の

「まえがき」で、福尾匠は「批評とは、仮にそれがすでに作品として社会で了解されているものであっても、自分が出会ったものを新たなしかたで〈作品にする〉行為である」と宣言する。じっさい、福尾の美術批評は、とにかく展示場という現場を歩き、見ることについての描写から始まる。ある目で見られ、制作されたものを、別の目で見て、書くことで再び〈作品にする〉。

『ひとごと』と対になる『非美学』（二〇二四年、河出書房新社）も参照すると、福尾は〈疎〉という概念を重視しているようだ。なかなか手強い本で、どこまで摑めているか心許ないのだけれど、僕はこれをコミュニケーションをデジタルな観念のやり取りのように〈密〉なものとしてだけとらえることへの警戒として捉えている。「見て、書くことの読点について」というエッセイでは、「見て、書く」という二つの行為を隔絶しつつ接続する読点について考えられている。福尾にとって読点とは、〈疎〉の内実である。見ると同時に書くことはできない。見ることと書くことは、全く別の行為だからだ。このふたつを、まるで同じもののようにべったりと〈密〉にしてしまうから、色々とおかしなことになる。

福尾が実践してみせるように、風景を見出す特権的な目などない。そのような特別な個人など存在しない。空間の只中にまばらに、そぞろにあるこの体が、なにかを見て、それから話したり、書き出したりする。そういうことがあるのみである。何かに触発されることは、対象と同一化することとは違う。物を言葉と同じように扱うと、イロニーの無限後退へと陥るほかなく、そこにおしゃべりの余地はない。イロニーは他人を不快に、ユーモアは愉快にする。物に思いを寄せるイロニーは、一人で延々と言葉をこねくり回しているだけで、それを誰かに手渡そうという態度が感じられない。物を物として「写生」しようとするユーモアは、物に到達できない個別の身体をあけすけにして、読者のツッコミを誘う。

おしゃべりは、それができる程度には、他人事でなければいけない。とはいえ、あまりに極端に個人の観念に引きこもってしまうと、それはそれで他人と分け合うための回路がない。みずからを観念的に突き放しつつ、突き放しきれない現実も無視せず、ただ突き放した分だけの余白ができる。この余白こそ、他人を呼び込むことのできる、おしゃべりの現場だ。

おしゃべりの簡単な実践

ところで、シラスでのイベントで小川哲がこのような発言をしていた。

「小説誌ってよく見ると、毎回色んな人が書く一ページのエッセイコーナーがあるんですよね。どの雑誌にも。探してみると漏れなくあるんです。誰も読んでないんですけど。あのページ何のためにあるかって言うと、要するにデビューしたての新人とかに編集者が依頼して、チェックするんですよね。面接できないから。一回どうでもいいペライチのエッセイの仕事をやって、この人は締め切り守るかとか、メールの返信ちゃんとできるかとか、人間として信用できるかどうかチェックするために存在してる(んじゃないかと僕は思っているんです)」[*3]

誰が読んでいるのかもわからない、編集者が書き手とのコミュニケーションコストを測る口実としての単発エッセイページ。現在における純文学とは、エンタメも含めた小説の制作をめぐるトークの中で、エッセイはそのように切り捨てられている。たまたま、二〇二四年は「週刊読書人」で文芸時評を担当していたので、この年に発刊された文芸誌が一年ぶん、手元にある。試しに、誰にも聞いてもらえていないいらしい話を、僕が聞き、おしゃべりに持ち込んでみようと思った。直接的に言及してはいないが、本稿全体が、文芸誌に掲載されたいくつかのエッセイに触発されて書かれたものであることを最後に明かしておきたい。

まず、骨子となるおしゃべり観について、朱喜哲「酒場の〈公正〉」（群像三月号）が足掛かりとなった。朱は飲み屋における「よい客」とは何かを検討する中で、それを〈お店という場に体現されたひとつの人格に敬意を表し、差し出されたものに対してフェアである客〉と結論する。そのような客としての実践とは、〈たわいもない会話を、慎重に、誠心誠意、続ける〉ことなのである。書かれた文章という、演技的に〈体現されたひとつの人格〉に対して、〈たわいもない会話〉を開始し、持続すること。そのようなエッセイ批評の理想系は、朱の飲み屋のイメージによってより明確になった気がしている。

注3　「町屋良平×小川哲　司会＝渡辺祐真（スケザネ）　いま純文学とはなにか——言葉の力と物語の深淵【小川哲の文学 BAR #7】」 3時間8分40秒頃から
https://shirasu.io/t/genron/c/genron/p/20240626
2024/06/26 19:00 開始　22:48 終了　2024/12/26 23:59 まで公開
※現在は公開停止

具体的な人付き合いのたあいもなさというのはとても重要なことである。安易に大きな物語へと明け渡すことのない雰囲気の活写にこそ、社会を変革しうる人々の〈エネルギー〉への共鳴がありうる。斎藤真理子「釜山、パヴェーゼ」（群像八月号）は、そのような目のあり方を見事に体現している。六月民主抗争前夜の韓国の雰囲気を、そうとは知らずにただ見ている過去の目を、視座を当時の街を歩くその場からぶらすことなく記述している。

デジタルな言葉と、アナログな物との緊張関係については、物理的ノイズを取り払った言語＝スコアの魔力について書かれた大谷能生「デジタル化と〈スコアの魔力〉」（群像六月号）に大いに触発された。つやちゃん「しゃべりを超えていくために」（新潮一〇月号）は、しゃべりにおける内容とフォルムの〈パターン化〉が進行している様を描いており、〈スコアの魔力〉に取り憑かれた高度な会話ゲームの空疎さとの距離の取り方を模索している。つやちゃんの著作『スピード・バイブス・パンチライン』は話芸の〈パターン〉のケーススタディであり、〈パターン化〉の空疎さに抗うためにはまずその〈パターン〉の徹底的な分析が不可欠であるという真摯な態度に励まされた。

つやちゃんが対峙するような場を盛り上げるしゃべりの型の定石というものがあるとして、エッセイはそうした〈パターン〉から遊離する軽やかさを期待される。西村紗知「墜落について」（新潮五月号）は、寺山修司の詩に挟み撃ちされるように、『トイ・ストーリー』と『魔女の宅急便』の記憶が想起されつつ、「地上に向かって飛ぶこと」についての思索が変奏され続けるさまがユーモラスでよかった。白岩英樹「仔猫も家も大学も」（群像一〇月号）は、引越しを要する転職を検討中の書き手の状況を、猫の引き取り準備を基軸にして端正に記述を重ねていくのであるが、最後の一文で語りのカメラの位置が一気に現在へと飛び、ここまでの記述が四年前の記憶であることが唐突に明かされて終わる。読みながら組み立てていた時制の根拠が一挙に書き換えられたかのような、独特のふわふわした読後感が面白い。

安易に紋切り型へと収束させがちな言語の引力に対する注意を怠らず、何かを捉える目のありようを、「見て、書く」現場になるべく接地するように、しかし、見た物と書かれたものとを同一視することもせず、言葉にしかなしえない時間や空間の感覚の攪乱を行う。「一億総活躍社会」におもねる「自己表現」へと自閉するのではなく、話題を個々の読者へとひらき、雑駁なおしゃべりへと触発するようなエッセイを評価していきたい。本稿では、このような個人的な趣味判断を抑制し過ぎることなく、おしゃべりの持続を可能にするためあいもなさを慎重に保持していけたらと思う。本稿でなされるのは、僕という一個体が、読んだものに身勝手に応答する、ただのおしゃべりに過ぎない。誰かがまた受け取って、会話のラリーが続いていくことを期待する。それこそが随筆の批評というものの意義だと思うからだ。意味付けて、完結させることにもはや意義などない。ただいつまでも続けていく方法を思い出す必要がある。ファミレスで夜明けを待つともなしにひたすら喋り続けるように、これからどんなおしゃべりがなされるのか、とても楽しみ。

ペーパーバック2・0としての軽出版

仲俣暁生

一昨年秋の文学フリマ東京37を機に破船房(はせんぼう)という出版レーベルを立ち上げ、自著の文芸評論を中心に、簡易な装丁で本の刊行と販売を始めた。

これまでに七タイトル、計四〇〇〇部弱を制作し、四作目の『橋本治「再読」ノート』が一〇〇〇部を超える売れ行きを示したおかげで、全体でも延べ二四〇〇部を販売できた。一年半の出版活動としては十分な手応えである。

Adobe のInDesign で制作したPDFを同人誌印刷所を利用して本にし、オンラインストアや文学フリマ、シェア型書店や独立系書店で販売するこの出版活動を私が「軽出版」と名付けた経緯は、『もなかと羊羹』(破船房刊。副題は長いので割愛)という本ですでに詳しく述べたとおりで、一〇〇部から一〇〇〇部の出版物は、この仕組みで出すのがもっとも合理的だと考えている。

私のやっているような出版行為は、いまは主に「ＺＩＮＥ」「同人誌」「薄い本」と呼ばれているが、これらはすべて制作される本の形式についての言葉である。しかも前の二つは原義を離れた意味で用いられており（そのことも『もなかと羊羹』で触れた）、いずれも出版活動そのものを指す言葉ではないため、私はあまり使いたくない。

似たような小規模出版物に対して、かつては「ミニコミ」や「リトルプレス」といった言い方があった（いずれも制作物と行為の双方を指す）。だが昨今の文学フリマをはじめとする即売会で、これらの言葉を耳にすることは少ない。

従来の呼び方が忌避される理由もそれなりに理解できる。あまりにも特定の時代や情報環境と深く結びついているからだ。あくまでも私自身の語感にすぎないが、「ミニコミ」は一九六〇年代から八〇年代にかけて、「リトルプレス」は九〇年代からゼロ年代の小出版物に似つかわしい。二〇一〇年代以後は基本的に「ＺＩＮＥ」の時代と言えるのではないか。

様々な呼び名がすでに存在するなかで、私があまり深く考えずに使いはじめた「軽出版」という言葉が思いのほか大きな反響を得たのは、こうした一連のニッチな出版活動（できあがったプロダクトではなく）を包括する名付けが求められていたからだろう。けれども私自身、「軽出版」という言葉だけではまだ何か足りない気がしている。せっかく与えられた機会に、この営みについてもう少し別の観点から語ってみたい。

「軽出版」という言葉は自動的に、その対極にある「重出版」とは何か、という問いを呼び起こす。一言でいえばそれは大量生産・大量流通・大量消費（そして大量返品）という、マスメディアとしての出版のありかたのことだ。「町の本屋」の消滅が嘆かれ、コンビニを含めた全国一律の出版流通が維持できなくなった現在、出版業界自体がこの「重出版」からの脱却に向けて苦闘していることは日々のニュースで誰もが知ることだろう。

ビジネスとしての出版は、一定の規模で行わないかぎりスケールメリットが活かせず、巨大な利益を得ることが難しい。したがって雑誌・文庫・新書といった低価格・大部数の商品を効率よく回転させていくことが「重出版」の代表的なモデルとなる。その対極である「軽出版」は、少部数だけ制作した本を、即売会やネット販売、限られた書店への直卸によって、相対的に高い値付けで販売していくのが基本となる。

こうした少部数出版を支える技術の一つに「オンデマンド印刷（POD）」と呼ばれる方式がある。「軽出版」に用いられる同人誌印刷所の多くが、オフセットとPOD、両方の選択肢を用意している。私は一九九〇年代の半ばから二〇〇〇年代のはじめにかけて、元晶文社の編集者、津野海太郎氏が総指揮をとった「本とコンピュータ」という出版プロジェクトに参加したことがあり、その過程でPODという技術体系を知った。

当時すでに新潮社などが絶版の文芸書をPODにより少部数で復刊しており、それと同じ工程でこのプロジェクトでも「HONCOオンデマンド」というレーベルを起こした。同時に人文系の出版社六社（岩波書店、みすず書房、筑摩書房、平凡社、白水社、晶文社）と「本とコンピュータ」編集室、大日本印刷ICC本部により「リキエスタの会」という出版主体も立ち上げられ、モーリス・ブランショや内田魯庵、中平卓馬などの著作が一〇〇ページ未満の薄いブックレットとしてP

ODで刊行された（文字どおり「薄い本」であり、私が「軽出版」という着想を得た原点の一つである）。

しかしPODの制作原価は、二〇〇〇年代初期にはかなり割高だった。おそらくオンデマンド印刷機そのものが高価でランニングコストを抑えることができなかったのだろう。新潮社から出ていたPOD本は当時、同じ本の古書価を遥かに上回る四〇〇〇円台のものがあり、とても気軽に買えるものではなかった。

同じ頃、『出版、わが天職――モダニズムからオンデマンド時代へ』（新潮社、二〇〇一年）という著作もあるアメリカの著名な編集者、ジェイソン・エプスタインが参加したベンチャー企業の擁する「エスプレッソ・ブックマシーン」という印刷製本一体型のPOD機器が喧伝されていた。日本でも三省堂書店の神保町本店に設置されたが、うまく運用されることなく数年で撤去された。そして私も、いつしかPODへの関心を失っていた。

破船房というレーベルを起こして私が出版活動を始めたのは、PODをめぐる状況が劇的に変わったことを知ったのが最大の理由である。現在の同人誌印刷の価格体系をみると、オンデマンド印刷機の低廉化・高機能化がこの間に急速に進んだことがわかる。文学フリマなどで販売される「ZINE」や「同人誌」が商業出版物に遜色ない印刷品質になってきたのも、PODの技術が洗練され、コモディティ化されたからだ。

私のいう「軽出版」はこの技術環境を一過性のエフェメラルな営みに対してだけではなく、継続的な出版活動の土台として用いていこうとするものだ。

現在の「重出版」的なビジネスモデルの原点は、一九二〇年代から三〇年代にかけての「ペーパーバック革命」に求めることができる。ドイツのレクラム文庫は一九世紀後半にすでに刊行がはじまっているが、これを参考にした岩波文庫の創刊は一九二七年であり、一九三八年に創刊された岩波新書に影響を与えたイギリスのペンギンブックスは一九三五年に始まった。

この時期は欧米では二つの世界大戦にはさまれた「戦間期」と呼ばれ、二〇世紀の大衆的な読書を象徴するミステリの世界では「黄金期」とさえ呼ばれる。ペンギンブックスを創刊したアレン・レインが、アガサ・クリスティを訪問した帰路に駅でペーパーバックのアイデアを得たという神話も残されているほど、このときの「ペーパーバック革命」は出版産業だけでなく、二〇世紀という時代の文化全体に大きな影響を与えた。

本の制作に新聞や雑誌と同様に輪転印刷機をもちいて大量生産・高速化とコストダウンを実現した「文庫本」「新書」は、日本の出版流通の特殊性（再販・委託制）のもとで、現在こそ表紙の上にさらにジャケット（カバー）がつけられているが、もともとは日本でも英米のペーパーバックと同様ジャケットなしで流通していた。そしてこれらのペーパーバックこそ二〇世紀型「重出版」の典型的なビジネスモデルだった。

一九二〇年代以後、先進国で同時に進行した都市化・大衆社会化のもとでこれらのペーパーバック（文庫本・新書も含む）は「読書」という行為の土台をつくりあげた。教養的読書と大衆的読書が同じプラットフォームを共有できる幸福な時代がこの一〇〇年という歳月だった。二つの読書文化（しばしば「岩波文化」と「講談社文化」として対比される）は、じつは同じプラットフォームのもとで共存していたのだ。このパラダイムをひとまず「ペーパーバック1・0」と呼ぶことにしよう。

二〇一〇年代から世界的に進行した電子書籍の普及は、この「ペーパーバック1・0」のパラダイムにとってかわるものだった。電子書籍で主に読まれるのは大衆的な「読み物」であり（かつての日本であれば貸本屋が果たしていた機能である）、日本ではマンガの電子化のみがビジネスとして離陸した。活字系の電子書籍はまだ大きな市場を獲得するに至らないが、「ペーパーバック1・0」を支えた文庫本・新書の流通システムが破綻すれば、自然とこれらも電子書籍へと置き換わるだろう。そのとき旧来型の「町の本屋」は、ますます存在意義を失うことになる。

私が「軽出版」という言葉をわざわざ掲げるのは、オンデマンド印刷と自主流通の組み合わせにより、従来の出版流通システム（ペーパーバック1・0）の崩壊後に、アマゾンのような巨大プラットフォームの力を借りずに紙の本を制作・販売する環境を維持できるのではないかと考えているからだ。アマゾンの「キンドル」をはじめとする電子書籍プラットフォームは、本を「販売」しているというよりは、巨大な「貸本屋」に過ぎない。読者は電子書籍を「所有」することは出来ず、閲覧権を得ているだけであることは、小規模の電子書籍プラットフォームがサービス終了する際にいつも思い知らされる。電子書籍は長期における安定した読書を支える基盤にはなりえない。音楽における「配信」がそうであるように、書物の生態系を破壊した簒奪者という厳しい評価がいずれ下されるかもしれない。

従来の出版流通システムが崩壊し、電子書籍のプラットフォームも信頼できないとき、それらに代わるオルタナティブな書籍流通の基盤となるべきと私が考えるのは、「独立系書店」と呼ばれる独自仕入れの能力をもった数百の書店のネットワークである。破船房から今年の一月に刊行した『本の町は、アマゾンより強い』で示した「本をめぐるネットワーク」の可能性は、従来型の出版流通システムが破綻したいま、ますます試されることになる。その際の「本」の新しい姿として私は「ペーパーバック2・0」とでも呼ぶべき、簡素な本の姿をイメージしている。破船房レーベルでこれまでに出してきた本は、拙いながらもそれを形にしているつもりである。

文庫本や新書といった、本来は「ペーパーバック」として生まれた商品が、いまだに過剰包装（一部はさらにシュリンクパックまでされている）のもとで大量返品されている一方で、私の考える「ペーパーバック2・0」の本は、POD技術のコモディティ化のおかげで少部数・買い切り・低正味を実現することができている。

もちろんすべての本が「ペーパーバック2・0」になる必要はなく、頑丈な装丁で分厚い、いわゆる「鈍器本」もまた、出版流通システム崩壊後の生態系に順応したひとつの本の姿だろう。しかし私には、こうした本の巨大化に抗いたい気持ちがある。少なくとも、そうではない本の姿を維持したい。

『もなかと羊羹』にも書いたとおり、私は「薄い本」という言葉を重視している。そこには本の現状をめぐる何か本質的なものが現れていると考えるからだ。おそらくは自嘲から始まったこの言葉は、「ZINE」や「同人誌」のように本来は雑誌を意味した言葉の転用ではなく、ほかならぬ書物の新しい姿を正確に指し示している。「薄い本」が「薄く」ならざるを得ないのは、現状のPOD技術に立脚した同人誌印刷の限界ゆえということもわかってきた。

もしかするとこの先、ＰＯＤでも「鈍器本」のような大冊がリーズナブルな価格で制作できるようになるかもしれない。それまでは、私のいう「軽出版」つまり「ペーパーバック２・０」による出版物は、「薄い本」でありつづけるだろう。その時代が長く続くようであれば、案外それが新しい本のスタンダードな形になるかもしれない。

平均して二〇〇から三〇〇ページという現在の本の姿は、書き手と読者のいずれにとっても、とくに必然的なものではないのだから。

わたしがエッセイである

横田祐美子

もしもエッセイに口が利けたなら、エッセイは、そこに書かれている一人称の「わたし」が卓越的にエッセイであると言うことだろう。そう、卓越的に。他のいかなる文学形式と比べても、エッセイほど「わたし」が試みに前へと出てきたものはない。古代ギリシャのある哲学者は「在るものは在り、在らぬものは在らぬ」と言った。対して、現代日本のある詩人はこう述べる。「在るものは在り、在らぬものは在らぬ。ほんとに?」――この「ほんとに?」が幽霊たちを呼び寄せるとき、エッセイにおける「わたし」もまたひょっこりと顔を覗かせるのだ。そして奴らが何をしでかすのかを、書き手のほうは何も知らない。

古くからエッセイに誤解は付き物である。「試み」を原義とするエッセイという文学形式を誕生させたミシェル・ド・モンテーニュですら、自分自身を題材にするなんて開けっぴろげで自慢げで浅ましいと非難されていた。「雄弁は銀、沈黙は金」と言われるとおり、言葉を重ねて多くを語るよりも、何も語らないほうに人々はなぜか重きを置く。しかも語られる対象が自分であり、自分の判断、自分の価値観、自分の感性をこれでもかと詰め込んだエッセイの類いを発表しようものなら、よほどの著名人でないかぎり簡単に叩かれてしまう。法官を生業とし、お城に住んでいたモンテーニュでもダメなのだから、築古の賃貸マンションに住む一介の大学教員など言わずもがなであろう。

けれども、それはエッセイというものを「ほんとう」を書き込む媒体と見なしているからこそ生じる反応ではないだろうか。普段はミュージックビデオやドラマや映画で活躍しているあのひとがエッセイ集を出版する。エッセイ集を通じて、あのひとの「本音」や「素顔」に触れることができるし、作品の「舞台裏」まで知ることもできるかもしれない。でもその辺にいるひとの「本音」や「素顔」なんてべつに知りたくもないし、有名人でもないくせにエッセイを書こうだなんて露出狂か何かなのかな……というわけだ。

もちろん、露出狂である可能性を完全には払拭できないところがエッセイにはある。いや、もう少し厳密に言えば、SNSをとおしてデジタルな公共空間にプライベートを明け渡すことにすっかり慣れきってしまった現代人が、エッセイという文学形式をとおして同じ振る舞いをしないともかぎらない。だが、エッセイが書き手の私的領域の開示でしかないという見方は、エッセイの守備範囲や可能性を明らかに誤認している。というのも、実のところエッセイほど「わたし」の素性が分からないものもないからだ。エッセイに登場する「わたし」は、必ずしも書き手にぴたりと合致しではないのである。

　エッセイにおける一人称が完全なるフィクションだと言いたいわけではない。たしかに素肌感やすっぴんメイクは、「素顔」というひとつの虚構を技術によって巧妙につくりあげており、そのような化粧を施した「わたし」のエッセイも当然ながらありうるし、あっていい。しかし書き手の経験や記憶をもとにして書かれたエッセイだとしても、そこでの「わたし」が書き手とイコールでは結ばれないことがままある。「わたし」は筆者でしかありえない、という読者側の信仰も根強いだろうが、残念ながら「わたし」はそれほど自明のものではないのである。このズレを読み手のほうが見抜くべきだとは思わないし、謎解きのための手がかりが与えられるわけでもない。とはいえ、エッセイを読むひとが同時に書くひとでもあるのだとすれば、書くという行為のなかで突然前に出てきて歌いはじめるおばけのような「わたし」に出会えたひともいるのではないだろうか。

　たとえば「過去の恋愛」というテーマでエッセイを書かなければならないとしよう。そこですかさず客観的に時系列を辿ることのできる事柄から書きはじめたり、かつての恋人との思い出話をそのまま開陳したりするのは、あまりにも芸がない。芸がないだけでは済まされず、そこには試みも迂回もない以上、もはやエッセイではないということになる。試みとは何か。それはテイスティングであり、試練である。迂回とは何か。それは媒介であり、思索である。任意のキーワードを口に入れ、舌の上で転がしてみたり、嚙んでみたり、飲み込んでみたりして、自分というコーパスのどの部分がどのような反応を示しているのかを丹念に探る（辛いか、酸っぱいか、甘いか、吐きそうか、貪りたいか……等々）。反応部位のなかで最も遠そうなところまで降りていき、そこから任意のキーワードへと連なる道のりを手探りで進んでいく。過去の恋愛というお題に対して、いきなり過去の恋人の話題で打ち返すのは、反応ではあってもけっして試行＝思考ではない。試みと迂回は、任意のキーワードをとおして見知らぬ自分自身と遭遇するきっかけとなる。その際に思いがけず飛び出してくるのが、書き手にすらコントロールできない「わたし」なのだ。

「わたし」は、あるテーマについてはホ短調で歌い、別のテーマについては変イ長調で歌う。ジャンルの垣根を超えるのはお手のもので、昭和歌謡を歌ったかと思えば、シンフォニックメタルだって歌える。書き手にとって懐かしい曲もあれば、まったく聴いたことのない曲もある。奴らは書き手が頼んでもいないのに前に出てきて歌いはじめるのだ。そしてエッセイの基調を勝手に決めてしまう。無視して振りほどこうにも、すでに書き手のなかでは鳴り響いている。つまり、書き手という主体がペンを持って紙に向かい、あるいはキーボードに手を置いてディスプレイに向かい、そうしてあらかじめ構想していた内容を書き出す、という図式に還元できない側面がエッセイには確実に存在する。エッセイの運動に書き手自身が巻き込まれているからだ。ここでは〈書き手が／エッセイを／書く〉という〈主語／目的語／述語〉形式は成り立たない。むしろ〈エッセイが／書き手に／書かせている〉のであり、〈「わたし」が／書き手に／書かせている〉と表現したほうが適切に思える。

この「わたし」をいったいどこに位置づければよいのだろうか。物理的には触れられず、形も幅も奥行ももたない「わたし」は、書き手の記憶ともリンクしながら、書くという行為のなかではじめて現れる精神的な効果なのかもしれない。他方で「わたし」には音やリズムがあり、任意のキーワードと感覚的に共鳴しあう部分も備えているのだから、身体的な要素がないとも言い難い。そもそもこの「わたし」は、存在しているのかいないのかさえ曖昧だ。第三者にその存在を証し立てることができず、書き手自身にとっても「わたし」を目に見えるかたちでどこかに縛りつけてはおけない以上、存在していないと言われたらかなり反論しづらい。だが、書かれたエッセイには書き手とは異なる「わたし」の痕跡がトーンとして残る。それゆえ、エッセイの「わたし」と書き手のトーンが完全に同じだと信じて疑わないひとには、やっぱり辟易としてしまう。あるエッセイの長調を聴き取っただけで「友達が多そう」とか言ってくるのだ。「わたし」と書き手はちがうにもかかわらずに、である。

だとすれば「わたし」は、書き手が試みに書くなかで一時的に現れ、書き手の主体としての権能を束の間奪い、書き手が筆を置けばどこかに消え去ってしまうおばけのようなものだといえる。書き手にはもう奴の登場をありありとは感じられないが、おばけは書かれたエッセイに取り憑いていつまでも歌いつづける。精神と身体、存在と非存在というふたつの領域のあわいで、「わたし」は書き手を待っているにちがいない。奴らはペン先から流れ出るインクやキーボードのタイピングによってしか外に出る術をもたないからか、巡ってきたチャンスを無駄にはしないはずだ。まだ奴らに遭遇したことがないとすれば、書き手が書き手自身に対してもつ認識を超えたところに「わたし」がいることを知らないだけだろう。そして何より、おばけのような「わたし」の声を聴き取るための耳を養う必要がある。眼ではない、耳だ。

だからこそ、書き手はみずからをエッセイに書こうとするのではなく、みずからをひとつの場として理解したうえでエッセイを書かなければならない。書き手はエッセイの主体でもなければ、エッセイの真理を占有しうるような立場にもなく、字義どおり全身全霊でエッセイの生じる場となる。任意のキーワードやテーマが放り込まれることで、予期せぬものが水面に浮かび上がってきたり、水の色が変わったり、金の斧を抱えた神が現れたりする川のようなものだ。そして、おばけに似た「わたし」は明晰判明な対象とはならず、書き手を依り代として現出する得体の知れない何ものかでしかない。権利主体や責任主体といった考えとは一線を画したところに漂っているのかもしれない。さらにそれは「生活」と呼ばれる次元とも隔たったところに、エッセイの「わたし」はいる。

エッセイにおける「わたし」を表すには、有名な「我思う、ゆえに我在り」ではまったく足りず、「我書く、ゆえに我在り」でも少々語弊がある。おそらくは「我書く、ゆえにそのときばかり我在り」がこの現象に最も近い表現である。書いているあいだだけ、「わたし」は存在している。書いているあいだだけ、「わたし」は「わたし」の真理を取り集める。書くとか話すとか表現するとか作るとか、そうした行為がなければ「わたし」も何もあったものではない。たんなる「生活」だけでは無理だ。最も重要なのは自分自身を知ることだとモンテーニュは言うが、自分自身が一番の迷宮で、困難な道を進まなければならないことを間違いなく彼は知っていた。「わたしとは何か」という根本的な問いにエッセイは向き合いつづけるが、きっと何度書いても分からないことだらけで、真理のピースが埋まることはないのだろう。それでもいま、少なくとも言えるのはこのことだ。「わたし」がエッセイである。

座談会

高松にて、城崎にて

森見登美彦　円居挽　あをにまる　草香去来＝平林緑萌

構成・注：平林緑萌

森見登美彦氏をはじめとする四名の文士は、二〇二三年一二月に城崎温泉に出かけた。カニをたらふく食べ、射的に興じ、ロープウェーに乗り、城崎文芸館を表敬訪問し、温泉寺に詣で、城崎旅行を満喫した。しかるのち、彼らはそれぞれ「城崎にて」という短編小説を執筆、これらは二〇二四年五月に『城崎にて　四篇』という面妖な単行本となり、ある狭い範囲でちょっとしたつむじ風くらいに話題になった。気をよくした彼らは、同年七月末に初開催された文学フリマ香川にノコノコと出かけてゆき、書店巡りをしたり、熱中症になったり、うどんを食したりした。もちろん本も売った。これは、文学フリマ香川の終了直後に喫茶店で行われたザツダンを「座談会」と称して再構成したものであり、当然ながら『城崎にて　四篇』のネタバレを含む。参加者の素顔が垣間見えることから、いささかのブンガク的価値もあろうかと、後世の研究者ために活字にして残すものである。

円居挽のうどんばかり食いしこと

（酷暑のなか、喫煙できる喫茶店に入って人心地ついた一行）

平林緑萌[1]（以下、平林）　いやーみなさん、文フリ香川お疲れ様でした。
あをにまる（以下、あを）　お疲れ様でした。
森見登美彦（以下、森見）　暑かったですね……。
平林　それにしても、円居さんはマイペースでしたね！
円居挽（以下、円居）　そうですね。その、主にこう……。
平林　うどんを食ってた。
円居　（堂々と）そうですね。
平林　三杯？
円居　うん、三杯食べましたね。
森見　すごいねそれ。
平林　昨日の午後に（高松に）入って、文フリで半日拘束されていた。

高松シンボルタワーに勢揃いした四人。
左から森見、あをにまる、円居、草香＝平林。

売り子に励むあをにまる氏。

＊1　平林＝草香去来であるが、皆が「平林」と呼ぶので本稿では本名で通す。

ていたわけだから、自由に動けた時間っていくらもないでしょう。

森見　それで三杯……。

あを　すごーい！

平林　人生で、そんな密度でうどんを食べることないですよね、普通。

円居　いや、だって次、香川にいつ来られるかわからないじゃないですか。食っとかないと。

平林　義務かなにかなんですかそれは。

森見　そういえば、僕も前に香川を通りすぎたときに、ちょっと降りてうどんだけ食べたなあ。

あを　やっぱり義務……。

円居　いや、でも本気でうどんを食べるなら、平日に来て、いわゆる「名店」に行きますよ。今回は手加減してます。宿から近かったんで、駅前の「メリケン屋」に二回行きましたね。

森見　（しみじみと）円居さんは香川に貢献しましたねえ。

あを　うどん屋にお金をたくさん落とした（笑）

平林　昨日、あをにまるさんが夜の高松入りやったから、三人でごはんに行きましたけど、締めで行ったうどん屋さんがなかなか……。

高松に入り、菊池寛「父帰る」の像の前で微笑む森見氏。かなり暑かった。

円居　あれ、不思議なお店でしたよね。通りから、めっちゃ細い路地の奥に入っていって。

森見　信楽焼のタヌキが置いてあって、塀の上に猫がいてた。

平林　ちょっと森見ワールドでしたね。

森見　でも、もうあの時間はかなり消耗してました……。

平林　円居さんは凄い勢いでうどんを食べてた。

円居　いやだって、香川やし。

熱中症になりしこと

平林　われわれは午後に高松入りして、あをにまるさんが着く頃[*2]にはもう疲れ切ってたわけですが。

あを　おかげで僕ひとりで晩酌に行きましたからね！

「ほんまにこっちなんですか」と円居氏は半信半疑であったが、ちゃんとうどん屋は存在した。

締めのうどんを食す円居氏と森見氏。

円居　LINEで平林さんがあをにまるさんに「客引きに気をつけてね」って（笑）

森見　もう、ホテルの部屋から出る力が残されていなかった。

平林　そうそう。昨日もすごい暑くて……合流してホテルにチェックインしてから、最初に「本屋ルヌガンガ」[*3]さんに行

＊2　あをにまる氏は東京でイベント出演があり、東京から空路で夜の高松入りとなった。

あを　写真を送ってもらいましたけど、ほんまに秘密基地ですよね、あれ。

平林　いやでも、有名なお店なんですよ！　高松に行ったら絶対に訪れておきたい二大書店に行ったわけです……熱中症になりましたが。

円居　そう。なタ書を出たあとに、「ねぇ、俺ら熱中症じゃない？」って話をして。

森見　そうそうそう。

円居　軽く頭痛とかしてね。

平林　エアコンはあったけど、気候に勝ててなかった。あの暑さのなかで店番してる藤井[*5]さんは超人ですよ（笑）

森見　それで、飲み屋に行って塩分を補給した（笑）

円居　たこわさとか、ホタルイカの沖漬けとか頼んでね……でもあの店も暑かった。

森見　まぁ、出入り口に近かったから……。

平林　いや、でもあそこは電波も悪かったし、なんかちょっとおかしかった。鶏肉も生やったし。

森見　うん、いろいろおかしかった。

平林　ここで読者に向けて言い訳をすると、香川在住の友人に教えてもらったお店や、なタ書さんで聞いたお店、どこもったんですよね。

森見　すごい賑わってましたね。

円居　だからやと思うんですけど、店内に入っても「ああ、涼しい」みたいにはならんかったですね。

平林　ドアが頻繁に開くからね。中村さんに聞いたら「文フリ特需です」って。ルヌガンガさんって東京でも有名で、一度は行ってみたいお店ですからね。前日入りした人のうち、かなりが行ったはず。

森見　たしかに、いいお店でしたね。あと、ルヌガンガさんで会ったひとと、そのあとあの古本屋さんでも会った。

平林　早乙女ぐりこさんね。完全にわれわれと同じ行動パターンでしたよね。

円居　いやでも、あの古本屋さん、面白かったけどめっちゃ暑かった（笑）

平林　「なタ書」[*4]さんは、確かに暑かった。

森見　秘密基地みたいでしたね。謎の小部屋があったりとか、床に本棚が埋め込まれてたりとか。あと、そもそも平林さんに言われなかったらあの建物にお店があることに……。

円居　まあ気づかないですよね。ひとりやと入る勇気もないですし（笑）

満席で入れなかったんです！

あを 森見先生[*6]がもし鶏肉にあたってたら、僕は平林さんを許しませんでしたからね。

平林 うーん、カンピロバクターの場合はまだ潜伏期間かもしれへん……。

あを （立ち上がって）おい！

本屋ルヌガンガ前で記念撮影。

な夕書入り口の様子。秘密基地感満載である。

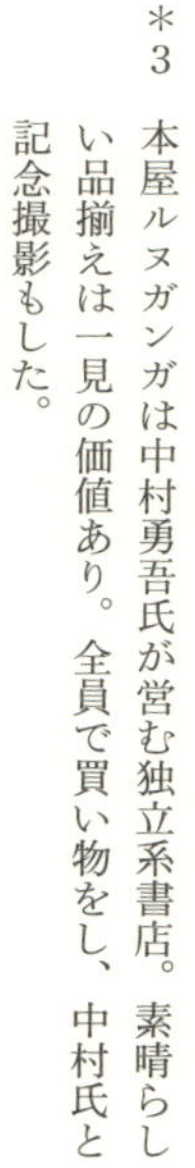

＊3 本屋ルヌガンガは中村勇吾氏が営む独立系書店。素晴らしい品揃えは一見の価値あり。全員で買い物をし、中村氏と記念撮影もした。

＊4 な夕書は予約制の古書店。ルヌガンガさんにほど近く、ハシゴをする人も多いようだ。

＊5 店主である藤井佳之氏のこと。偉大なる奇人であり、香川の文学シーンの裏表で暗躍／活躍する超人である。

＊6 あをにまる氏は森見氏を崇拝するあまり、頑なに「先生」呼びをする。

登美彦氏の「うまい棒」を買いしこと

森見　それで結局、居酒屋を出てからうどんを食べて、ホテルに戻っても頭痛が取れなかった。

円居　三人でコンビニに寄りましたよね。

あを　いいなあ、僕も森見先生とコンビニに行きたかった。

平林　いや、こっちはみんな必死やから。命懸けでコンビニに行ったのよ。

円居　みんな塩気を求めてた。

平林　僕はそれで、カラムーチョの大袋を買ったんですけど、会計を終えて横を見たら、森見さんがうまい棒を二本持ってレジに並んでた。

円居　あれはいい光景でした。

森見　しょっぱいもんがむっちゃ欲しいなって。でも、胃もたれしたくないから。

平林　めんたい味とコーンポタージュ味の二本を買ってた。

あを　メモっとこ。

円居　なんのメモやねん。

平林　僕は部屋に戻ってから、「これを食べたら頭痛が治る……」って念じながらカラムーチョを食べたんですけど、今度は胃もたれして眠れなくなったという。

森見　一袋食べたら、まあ……。

平林　だから、森見さんの選択が正しかった。

円居　昨日の夜は喫煙所に行くお二人と別れたあと、また二四時ぐらいに同じコンビニに行って、シュークリームとおにぎりを買った気がします。

な夕書の外観。確かに知らなければ入りづらい。

森見　すごい胃の容量（笑）

平林　なんだかんだで元気がある（笑）

円居挽の原稿が遅れしこと

平林　せっかくなんで、本（『城崎にて 四篇』）の話もしましょうよ。

レモンを絞る円居氏。

円居　そうですね、せっかくのくつろぎタイムですしね。

（店員さんが飲み物を持ってきてくれる[*7]）

平林　クリームソーダが二人。ええと、あをにまるさん、写真撮っておいてもらえます？

あを　じゃあ、円居さんが必死でレモン絞ってるところ写しとこ（笑）

円居　何に使うねん。

平林　著者近影にしよう（笑）

あを　しかし、めっちゃ「喫茶店」って感じでいいお店ですね。

森見　ねー。昨日行った店[*8]もそうですけど、高松って商店街が賑わっていて、感じのいい喫茶店が多い。

（円居挽、レモンを搾り終える）

平林　じゃ、みなさん、『城崎にて 四篇』執筆お疲れ様でした！

一同　お疲れ様です！（乾杯）

＊7　このときのオーダーは、森見、平林がクリームソーダ、円居がレモンスカッシュ、あをにまるがメロンソーダであったことを付言しておく。

＊8　「昨日行った店」は南新町商店街にある南喫茶店のこと。

平林　……いやぁ、円居さんがまさかあんなに（原稿を）ひっぱるとは。

円居　いや、それについては俺も本当に……。実はあの頃……。

平林　（食い気味に）スランプ？

円居　いや違います。あのね、デカめの仕事のコンペ対策で、三月一杯せっつかれてたんですよ。それで、思った以上に落ち着いて書けなかったのが要因ですね。一息で書けると思ったんですけどね。

平林　五〇枚って意外とね。短編としてはやや重めというか。

森見　うん、そうですね。軽くはない。

円居　あと、『ＮＲ』[*9]の頃の五〇枚はまだマシだったんですけど。やっぱり、あれ（『ＮＲ』の活動休止）から一〇年くらい経って……「あっ、一息で書けないんだこれ」っていう気持ちにはなりました（笑）

平林　つまりそれは年齢的な？

円居　そう（笑）

平林　最終的に上がってよかったですよ。今回ばかりは覚悟しました（笑）

あを　「今日が本当のデッドです」っていう日に、ＬＩＮＥグループで円居さんが「これから昼寝します」って宣言したときは、すごいなと思いました（笑）

平林　僕は逆に、「これは上がるな、よかった」って思いましたね。

円居　まあ、寝れば仕上がる自信があるから言うわけですよ。（あをにまるに向かって）真似しちゃだめよ。

あを　怖くて真似できませんよ！

平林　まあ、この辺はいろいろ……僕も言いたいことがあるんですが、一旦作品について話しましょう（笑）

あをにまる「城崎にて」について

平林　じゃ、それぞれの作品について感想戦をしましょうよ。

一同　（沈黙）

円居　改めてそう言われたら、すごい言いづらくなるじゃないですか。

平林　いやいや、言いましょうよ。

一同　（沈黙）

平林　（円居氏を見ながら）どうでしたか、不惑さん[*10]？

円居　俺かぁ！　俺からか！

平林　一番辛口なこと言いそうだから……。

円居　いやそういうのやめましょう。こういうのは収録順で。

あを　ええぇ、僕のはいいですぅ！

森見　いやでも、あをにまるさんだけが〆切を守ったわけで、そこは一番ちゃんとしてた。

平林　あっ、これ結局円居さんが被弾する流れ？

森見　そういうつもりでは（笑）

円居　（話を変えて）そういえば、あをにまるさんはなんで城崎までいかんかったんですか？

あを　実はちゃんと城崎に行く話を何回か書いてたんですよ。でも全然うまくいかなかったんですよね。

平林　結果的には行かんでよかったような気もする。

あを　まあそれで、最初に提示された〆切が迫ってくるなか、城崎に行くパターンのやつがうまく書けなくて、僕が一番新人やし、「ほかの先生方を待たせている！」と思ってしまって、「もう仕方ない、イマジネーションでいくぞ！」と……。

円居　真面目や。

一同　（笑）

あを　蓋を開けたら、〆切に間に合ったのが僕だけで……「え？」って（笑）

川口屋城崎リバーサイドホテルのロビーにて。

＊9　『NR』は『城崎にて 四篇』につながる同人誌。二〇一一年に仁木英之氏を中心に奈良出身もしくは在住の作家が集まり、毎年夏のコミケに合わせて制作、頒布された。五年にわたって活動し、二〇一五年の冬コミでベスト盤を刊行、その後は休止中。

＊10　以降、文中で森見登美彦「城崎にて」の登場人物名が出てくるが、これは森見氏が執筆陣をモデルにしたためである。森見＝有馬乙彦、円居＝不惑四十郎、あをにまる＝青丹丸さとし、平林＝神林叛骨、である。

円居　えー、そんなんギリギリに決まってるでしょ。

平林　円居さんが墓穴を掘ってる（笑）

森見　いや、でも〆切を守るのは大事ですよ。

平林　大事ですね。うしろの工程にいるひとたちのことを考えるとね。あと、ちゃんと作品としてまとまってた。

円居　ちょっと短かかったけど、トップバッターはあのくらいでいいという説もある。

平林　あをにまるさんのやつは、あれでよかったと思いますね。誰にでも身近なことを題材に書いていて、入りやすいし。

あを　他に書いていたやつでは、城崎の橋が出てきたりとか、時刻表トリックとかも作ってました。

円居　時刻表！

あを　西村京太郎先生のパクリなんですけどね。でもうまくいかなくてやめました。

円居　やめて正解だった気がする……なんか不穏や（笑）

平林　カニで森見さんと少し被ってるんですよね。

森見　そう、茹でられるとこは一緒。そこだけ被った。

円居　収録順的に連続しなくてよかったですね。

平林　それについても言いたいことがあるんで、円居さんのいきましょうか（笑）

円居挽「城崎にて」について

円居　早く終わらせましょう。

平林　いや、じっくり話しましょうよ（笑）

あを　そもそもなんですけど、ミステリーってどうやって書くんですか？

森見　それは聞きたい。

円居　うーん、俺が話すのが適任かはおいといて話すと、ミステリーって「この新しいトリックを世に問いたい」っていうのがあれば、オチから逆算して話を作るしかないんです。逆に、「こんな導入と設定でどうだろう」から考えたら、あとは予定調和でオチが決まるんですよ。

平林　すでに呪文みたいや、なんもわからん（笑）

あを　難しい。

円居　そういう意味では、「本当に斬新なものを作ろう」と思わなければ、頭さえ決まればなんとかなるというのが俺の理論なんです。ミステリーとしては最大値でも八〇点ぐらいに留まる可能性が高いですが。

森見　へー、そうなんや。

円居　だからそれで、キャラクターなりストーリーなりを楽しませる作品なら、ミステリー部分がマックス八〇点でも別にいいわけじゃないですか。ただ、そういう気持ちで書くと六五点とか、ときには五九点になってしまうこともあるわけですが（笑）

平林　小説として及第点であれば、面白くないよりは全然いいということ？

円居　そうそうそう。

平林　それなら分かる。すごい小説って、読むとそのぶんエネルギーを持っていかれるし。

円居　だからすごいものを毎回書く必要はなくて。まあ、最初からそう考えるのは、本当はよくないんですけどね……。

平林　いやでも、全部全力投球したら、ふつうは商業作家として成り立たないじゃないですか。森見さんとか例外中の例

温泉寺でかわらけ投げにチャレンジするあをにまる氏。

かに塚に深々と頭を下げる円居氏。

平林　確かに途中で性別変えてましたよね。あれはあれで僕にはできひん荒技やと思いましたけど。

円居　書きながら、「俺は森見さんにはなれない」ってことに気がついて。なんだろう、「男子の一人相撲」みたいなもの、あれを綺麗に描くのは才能だよなっていうことに気がついて……いまさら。

森見　そうなの？

円居　無理でした。で、「あかんわ」って思って全部捨てて、全員女子にしたらその生臭さが消えるだろうって思って。

平林　女性が読んだらどうなんでしょうね？

円居　まあそこはね、多分リアルな女性じゃないと思うんで、よくはないんですけど、「自分で好きになれない主人公を書くぐらいならこっちのほうがマシや！」って思って変えました。

あを　かわいいと思うけどなぁ、女の子。

円居　あと、最初に立てた謎も「そんなに面白くならないな」って気がついてしまったんです。で、ゆで卵。

平林　なるほど。『キン肉マン』は関係なかったのか（笑）

円居　ないです（笑）　ゆで卵でなんかうまくギミックを考えようと思ったんですが、そんな面白くならないから、ちょっと別の方にフォーカスして、「なぜこんなにこだわるのか？」外なわけで。

森見　それしか書き方がわからへんから……。

円居　ミステリーに関して言えば、商業作家として生計を立てようと思ったら、毎回斬新なものを出し続けるのは現実的に厳しいです。

あを　そうなんですね……。

円居　……っていう割り切りで、今回は冒頭の設定と、ご当地感のある謎だけ決めて、「あとは何とかなるやろ」って始めたんですよ。

あを　女の子がかわいかったです。

森見　うん、かわいかった。

円居　最初は男・男・女で女の子をめぐって……みたいな話にしようと思ったんですけど……。俺がその、そういう大学生を書くとすごく気持ち悪いというか、好感度が低い主人公になるんですよね。

平林　ああ、性格が悪い感じね。

円居　そう！　性格も悪いし、なんかあの……単に自分の好きな女の子のために、悪い方に空回りするんです。で、「こいつ全然好きになれへんな」って思って女の子に書き直したんですよ。

っていうホワイダニットの方にずらそうって。

平林　なるほどね。

円居　書きながらライブ感で調整していって、仕上げる。だから途中途中、やっぱり苦しんで消したりしてます。

平林　完成原稿を読んで思ったのは、「技術で仕上げてきたな」って。

円居　「伊達に十何年も作家をやってないから！」っていうところです（笑）

平林　まあ、円居さんは……遅れるやろうと思って。もう最初の段階でね。円居さんが遅れるのは間違いない。でもなんとかするやろうと。

あを　ＬＩＮＥが『24』みたいになってましたね……。

平林　でも、なんとかするやろうっていう信頼は……してるんですよ！

円居　よくない信頼（笑）

平林　まあでも……これができるのもあと数年でしょうね。

円居　そうですね、うん。こういう仕事の仕方はいけないっていうのが……。早くやめないといけない。

平林　でも、全体のバランスはグッとよくなりましたね。円居さんのミステリーが一本入ってる。あと女性キャラが多い。

森見　僕が書いたのはおっさん……。

あを　いやもう僕もおっさんで……。

平林　僕もおっさんが強めに……。

森見　ちょうどよかった。それから、平林さんとあをにまるさんの原稿は、われわれが城崎温泉に行って経験したことから、ちょっと離れてたから。

あを　そうそうそう。

森見　だから、われわれが実際に行って、取材した内容をちゃんと活かして出してるというのもよかった。

平林　円居さんが扱ってるのって、城崎の中でもものすごい狭い範囲なんですよね。その狭い範囲で、しかもすごい限られた時間のことを書いて、それで五〇枚書けるんがすごいと思った。

円居　これはまあ、またミステリーの話なんですけど。アリバイトリックとかってシンプルにすればするほど考えるのも楽なんですよ。別解の余地がなくなるというか。だから、あのロープウェイとゆで卵でアリバイ物を書いたら、「あ！　なんかすげえ致命的なものを見落としてた！」みたいなことはないから、書いちゃえば書いただけ進むからまあいいかぐらいの計算ですね。だからこれが城崎から新大阪まで、とかになるとなんか別ルートもあるし、「ようやらんわ」って気持ちになるんですよね。

平林　まあ、そもそも僕はそういう計算がまるでできないから、城崎でも架空の場所をメインの舞台にしてるし、あをにまるさんは城崎に……。

あを　たどりついてない！（笑）

森見　ああ。

円居　作家性って言ったら大げさなんですけど、行った土地で、「ここからここまで何分で着くな」とかそういうのが結構好きなんですよ。それをちゃんと作品に落とし込みたいっていう気持ちが。

平林　あー、なるほど。思考回路がまるで違うな（笑）

円居　行ったうえで、「これは書かんでええよ」って捨てられたらよかったんですけど、今回はなんか、皆さんで回った思い出を作品に詰め込んでおきたいなっていう気持ちになったんで……。

平林　僕はなんも生きてないな……。

あを　同じくなんも生きてないです。テンション上げに行っただけ。

一同　（笑）

カニ料理フルコースを四人で堪能。
こちらはカニ鍋である。

草香去来「城崎にて」について

円居　平林さんのは、これまで書いてきた中で一番ストレートにいい話じゃないのかなって思います。『NR』のあと、漫画原作とか商業での仕事を経由して戻ってきたら、ドラマツルギーみたいなものがある作品ができた。ラストとか、めちやくちゃいい話じゃないですか。

平林　これ、誰かに言われたんですけど、僕のだけヒロインが出てくるからかもしれない。

円居　確かに！（笑）

森見　まあ、ヒロインについては確かに。

平林　あとは、ストレートな物語構造をしているからでは？

円居　かもしれない。

平林　さえない男がいて、若い女の子がいて……っていう、中年男性的なストレートさなんですけど。……まあ、おっさんとかおばはんとかだいぶね、余計なのがいてるけど。

円居　読み始めたとき、『NR』のときのイメージでいたので。[*11]

平林　いうて五本書いてますけど、どれやろう……あの、ヒトコトヌシが出てくるやつ？

森見　ラーメン屋のやつね

平林　そう、まさにあれの路線なんですよ、僕の中では。

円居　言われてみればそうか。

森見　あれがよりきれいにまとまった……。

平林　ちゃんとヒロインがいるから……。

円居　逆にヒロインがいないとああいう話になっちゃうってこと？

平林　いや、あれはあれでいいんですよ。あれはあれで別にいいけど、書店に流通させるにはちょっとね。ヒロインがいたほうがいいかなと思って。

円居　サークル[*12]の後輩が、俺と森見さんが書いてるっていうからって買ったら、たまたま草香さんの小説が載ってて驚いたとかで。

平林　へえー。

円居　普通に好きな漫画の原作者がなぜか小説を書いてて、それが面白かったからびっくりしちゃったんですって。

平林　すごい。そんなことあるんや。

円居　でも、「これが載るんやったら、俺が外しても大丈夫や」って気持ちになりました。よくないんですけど。

平林　前からそうやもん！　円居さんは僕の原稿の動向を伺って、自分がどうするか決めるっていう……。

円居　へっへっへ！　締め切りもそうですよね。戦略ですよ。

森見　ギリギリのところでやるのが……。

＊11　「ヒトコトヌシが出てくるやつ」「ラーメン屋のやつ」はいずれも同じ作品で、平林が「寒河狷介」名義で『NR3』に発表した「ボンクラたちの夏」のこと。

＊12　円居挽氏の出身サークルは京都大学ミステリ研究会である。

平林　あのね、この人が業界を生き抜いてるのは、編集者の顔色を伺うのがうまいから。

あを　（爆笑）

円居　はい。本気で怒らせたらもちろんダメなんですが、怒る手前まではまだいけるっていうことが……やれてしまうからよくないなっていう。最近は反省してますよ。

あを　ベテランだからこそなせる技ですね。

平林　サークルの先輩に、作家とか編集者がいっぱいいてるから。もう大学の時から半分業界に浸かってる。あをにまるさんは真似しようとしたらだめですよ。

円居　そうやで！

あを　（笑）

森見　僕はあれやったな、あのあのラーメン屋のやつの雰囲気すごい好きやったから。

平林　ラーメン屋のカウンターがヌルヌルしてるやつ。

森見　そう（笑）　全体的にその、ちょっとしょぼくれていて、どこか物悲しい感じのあの雰囲気が好きだったから。あ、今回のこれはいいなと思いました。

あを　僕も森見先生にそんなふうに言われたい。

円居　それぱっかりやな！　ところで、あの「王寺のおっさん」は……。

平林　意外に評判がよかったんですよ。実在のモデルが何人かいるんですけど。

円居　あああやっぱり、あのしょうもないおっさんってゼロから作らへんやろって。

あを　住所も王寺なんです？

平林　いや、王寺じゃないです。

円居　それやったらまんまやん！

一同　（笑）

あを　本人には言ってるんですか？

平林　いや、寄せ集めなんで。関係者とか、よしんば本人が読んでもわからへんのちゃうかな。寄せ集めて再構成して、盛りました。

あを　ええ、すごいなぁ……。

平林　いやだってあのキャラをいちから作るの無理でしょう。

円居　そうそうそう、そこは思いました！

森見　へぇー、そうなの？

平林　森見さんやったらできるかもしれへんけど！

森見　いやまあ、確かによかったですよ。王寺のおっさんは。

平林　書いてて一番楽しかったのはあります。文章がスルス

ル出てくる（笑）

森見　自然体で書くとああなる？

平林　かもしれないです。ただ、そうするとどうしてもオフビートなものになってしまって、盛り上がりがないんですよね。森見さんの小説は、すごい盛り上がるじゃないですか。それこそ「物語が全てそこに向かって収束していくぞ！」みたいな。『夜は短し歩けよ乙女』とかそうじゃないですか？

森見　まあそうですよね。それしか落とし方がわからない。

平林　『四畳半神話大系』とかもそうじゃないですか。物語が収束していくあの感じがね。位置エネルギーが運動エネルギーになる……あの感じっていうのが出せないんですよね。どうやってるのかわからない。どうやってもあれを技術的に習得できないんですよ。

森見　いや、僕もわからへん。

円居　森見さんの真似は難しい……。

森見　でも、ああいうこう……しょぼくれた感じで、逆に盛り上げようとする方が難しいっていうか、別の着地点でもよくないですか？　まあ、今回もそうやったけど。

平林　そうならざるを得ない。

森見　だから今回のでいいんじゃないですか？　あのオフビートな感じから、下手に盛り上げようとすると無理やりになるし、不自然になるような気がするかな。

円居　あの結びすごい好きなんです。

平林　あれは、頭とつなげるっていう古典的な技法……。

円居　古典的、確かに（笑）

森見　いや、困った時は頭とつなげとけばいいんですよ（断言）。

平林　物語の円環がウロボロスの輪になって……ちょっと前野ひろみち先生をパクらせていただいたりもしましたけども。

森見　ああ、あの作中作パート（笑）

平林　ちなみに、あのヒロインのモデルになった作家は……。

森見　え？　それもいるんですか？

平林　あれは、森見さん。

森見　えっ!?

平林　森見さんの女性版ですよね。「三作目でヒットを飛ばした」[*13]っていうのは『夜は短し』のことを念頭に。

あを　ええ〜！

＊13　若い読者のために説明しておくと、森見氏は『太陽の塔』でデビュー、第二作が『四畳半神話大系』、三作目の『夜は短し歩けよ乙女』で大ブレイクした。

円居　そうなんや、びっくりしちゃった（笑）
森見　気付かなかった……。
円居　でも、言われんとわからんぐらいがちょうどいいですよ。
平林　今回、「主人公がパンダの着ぐるみに入る」っていうのがだいぶ変でしょう。それを成り立たせるリアリティラインを保つためには、身近なものを材料にしないと……って。
円居　確かに、全部突飛だと受け入れられない。
平林　それで、主人公の親族まわりの設定とか、「王寺のおっさん」やヒロインのモデルだったり、奈良のローカル地名だったりで、地に足をつけて……。
森見　あれはやっぱり、「王寺」っていうのがいいですよね。
あを　天王寺のおっさんやったら、ちょっと別のおっさんになっちゃてしまいますからね。
平林　まぁ『ミナミの帝王』みたいなね……。
森見　天王寺って言ってしまうと全然またキャラが変わる部分で……。
円居　天王寺やったらもう青丹丸さとしになってしまう。ゲームセンターで……。
平林　焼き鳥屋の大将は、仁木（英之）さんがモデルです。
森見　ああ、あばれる君に似てるっていうのはそれでか……それも気づかんかったな。
平林　今回スケジュールが合わなかったんですけど、やっぱり出発点は仁木さんやし、ちょっと出しとこって（笑）
円居　それも地に足をつけるのに一役買ってる（笑）
平林　さあ、もうええでしょ、森見さんのいきましょ！

森見登美彦「城崎にて」について

あを　ラストの森見先生は、もう最高！　語彙ないです（笑）
平林　また崇拝者的な発言が（笑）　それはそれとして、森見さんは本当に取材の成果を惜しみなく注ぎ込んだというか、よくあんなふうに書けるなと。
森見　旅行が楽しかったんで、実際に現地でいろいろ面白かったことをできるだけつないで、話にしようと思って。
円居　いやでも、それで作品がしっかり完成するかどうかは別問題じゃないですか。
森見　偽志賀直哉っていうコンセプトがあったし。
平林　いやいやいや、たとえそうであっても、ほぼ全部コンプリートしてるじゃないですか。カニと、志賀直哉と、取材に行った場所と、行ったメンバーの全部を回収して、しかも小説として単体で森見ファンが読んで面白いものになってるし、さらに本全体を締めくくって、ほかの三人の作品を包み込む温泉文学っていう概念を打ち立てて……。

円居　そう、そう（何度も頷く）。

あを　外湯も入ってないのにちゃんと書いてはりましたもんね。

皆が温泉卵を食べるなか、ひとりだけ足湯に浸かってジェラートを食べた平林。

森見　やから、あれ外湯入っておくべきやったんですよ！

一同　（爆笑）

平林　外湯に入ったの、テンションが上がりすぎて二時間も早く着いたあをにまるさんだけですよ！

森見　「あとは御所の湯[*14]にさえ入ってさえいれば、もっとちゃんと書けたのに！」って……。

平林　確かに、御所の湯のシーンが物語的に盛り上がる所ではありますからね。

森見　そうなんですよ。

円居　俺（不惑）が首を絞められたところ（笑）

森見　あそこは実はネット情報とかで書いてて……、すごいあやふやな気持ちで書いたというか……。入っていればと。せっかく現地に行ったのにもったいない。

平林　あっ、そうすると、有馬乙彦がネット情報で書いているっていう設定は、自己言及だったんですか？

森見　そうそう、ほんまにそう。だから、「最近改装しました！」っていうニュースの映像とかがyoutubeに上がってるの

＊14　御所の湯は城崎温泉の代表的な外湯のひとつ。城崎温泉では条例で宿泊施設の内湯の面積が制限されており、多くの観光客が外湯めぐりを楽しむ。

を観て、「一行がここにいて、向こうに岩があって……そうすると、あっちから滝の音が聞こえてくるはずや……」って……。

あを　「はず」（笑）。

森見　「なんで現地に行ってるのに想像で書かないかんの？　間違ってるやろう……」と思ったけど、物語的にはあそこで温泉に入っとかないとどうしても話が締まらないので、ネット情報頼みに……。

平林　外湯はなんというか、行こうって雰囲気にならなかったんですよね。不思議と。

円居　うん、ならなかった。

あを　なんででしょうね。内湯は何回も行ってましたし、足湯も入ったし、それで満足しちゃったのかも。

円居　多分、外湯に入ってたら俺は作品で使ったと思うんですよね。

あを　僕は外湯に行ったので、温泉使ってますね。城崎に辿り着いてないですけど。

平林　僕も温泉書いてないんですよね。あ、僕、一個だけ役に立ったわ。カメムシ。

円居　カメムシ！　そうかそうか、宿に戻ったら服にくっついて大騒ぎしてましたね。

平林　カメムシはちゃんと取材が生かされた……カメムシかよ！（笑）

円居　そういえば、知り合いの俺のファンの人に、『城崎にて四篇』をあげたら、思いのほか森見さんの「城崎にて」にハマってしまってですね。それまで森見作品を読んだことがなかったのに、俺のことを「不惑さん」って呼び続けて（笑）

一同　（笑）

有馬乙彦が煙草を吸っていた喫煙所がこちら。

円居　「やめてくれ、外だぞ!」って。

森見　（円居氏に向かって）不惑さん。

平林　命名も強烈でしたね、もう「青丹丸さとし」は定着したし。

森見　定着したの？

平林　（あをにまる氏に向かって）さとしっ。

円居　（同じく）さとしっ。

あを　本気で改名しようかなって考えてます。

森見　いや、別の名前に……別の名前にしてください。

あを　命名いただいていいんですよ。

森見　めっちゃ適当に付けたから……。

円居　さとしって響きがええんですよ。

あを　そうそうそう。

円居　でも、「森見さんの命名です」みたいなのはやめたほうがいいと思う。

平林　われわれは「さとし」と呼ぶとしてね（笑）

あを　そんなぁ……。

収録順に悩みしこと

円居　今回は収録順も絶妙でしたね。

森見　ちょうどよかった。

平林　あれはね、ある程度勘で決めたんですよ。勘で決めるしかなかったんで。

円居　すいません!

平林　ほんまやで!（笑）

あを　僕がトップバッターでよかったんですか？

平林　これはそもそも論なんですけど、やっぱりみんな森見さん目当てで手に取るやろうから、森見さんを一本目にしてしまうとダメなんですよ。

円居　森見さんのを読んだら「もうええわ」って本を閉じる（笑）

あを　僕が読者やったらそうしますからね。

円居　おい!（笑）

平林　それでまあ、あをにまるさんは最初に原稿が上がったし、作品として重くなく、かつまとまっているので、最初にしようと思って。

あを　ああ、そういうことですか。

平林　今回は頭が重くなるのはよくないと思った。あとは、どういう中身になるか分からへん原稿を一本目にするのも怖いじゃないですか。

円居　たしかに。

平林　で、自分のが大体できてきたけど、そのタイミングで円居さんのが一向に上がる気配がなく（笑）

円居　あっはい。

平林　そうしたら森見さんの原稿が上がってきて、もう、明らかに掉尾（とうび）を飾るにふさわしい。そうすると、僕は台割というか、本の損益計算の都合上、三番目に入ってページ数調整をできるように控えておくのがいいわけですよ。

森見　ああー、そういうことか。

平林　僕が二ページ単位で調整しますよ、と。だから「円居挽、ここに入れてくれ！　二ページの誤差は作中作パートで対応する！」と。

あを　「こんな物語について聞きました」、というあそこで調整するつもりだったんですね。

平林　そう。あそこを二本ぐらい増やしたら二ページ増えるし、削ったら減る……伸縮自在とまではいかないにしろ、調整できる。

あを　すごい工夫。編集者が書くからこそできる。

森見　余人にはできないワザですよ。

平林　（やおら立ち上がって）出番がないほうがいいワザなんですよ！

円居　（目を逸らしながら）まぁでも、森見さんがうまく締めてくれて。

あを　いやもう本当に。

平林　あれで全部繋がりましたからね。我々のバラバラな小説が、温泉文学というひとつの文脈に回収されて。森見さんの原稿を読んで、本として成立するイメージが急速に……。

あを　ふふふ、僕だけ本名でありがとうございます。

森見　本名じゃないでしょ？

円居　本名ではない（笑）

平林　それで、巻頭に「温泉編集者」からの文章を足しました。

円居　今回は四人で四本じゃないですか。正直、まとまんのかなって不安は若干あったんです。座り悪くならないかなって。『NR』のときは五人とかだったなって。

平林　まあね、でも五本は……。

円居　そう。これ、五本あったら、ちょっと胃もたれしたかもな。
平林　五本とか六本やと、物量的で押し切る感じの本作りになったかなっていう気がしますね。
円居　四人の原稿をええあんばいに並べて最後、森見さんが締めるっていう、完璧な流れになった。

造本が豪華なりしこと

円居　途中途中、自分の原稿も含めて不安要素はあったけど、こうしてできあがってみると、思いのほか愛着の湧く本になったというか。
森見　装幀もいいですよね。表紙のこの地図はなにが元なんですか?
平林　あれは、昔の城崎温泉の地図なんですよ。そのまんま使ってます。
あを　(城崎) 文芸館にあったやつとかですか?
平林　たぶん文芸館も収蔵はしてると思うんですけど、おそらくお土産的な感じで作られた刷物じゃないかなあ。デザインをやってくれた川名潤さんがネットオークションで見つけて、「買っていいですか?」「いいですよ、払います」って。
森見　あれは明治時代ですか?
平林　そうです。だから、われわれが泊まったあたりはまだ何にもない (笑)
森見　裏表紙の川の横のあたりか、たしかに何にもない。
円居　ちなみに、いくらぐらいしたんですか?
平林　◯万円……。

射的に興じる森見氏。元ライフル射撃部の腕前をいかんなく発揮した。

あを　えっ、〇万……。

平林　まあ、贅沢な本作りをしましたね。

円居　めっちゃリッチ。

平林　地図に始まり、表紙にええ紙を使って、箔押し加工をして、見返し、花布（はなぎれ）、スピン……。

円居　強気な価格だって思ったんですけど、それでも本当に欲しい人が買ってるのが、出版人としていい読みしてるなと。

平林　いやあ、強気というか、あのぐらいの値段をつけないと……（笑）

円居　回収できない？

平林　カバーがないから、返品を改装できないんですよ。だから汚れた本が戻ってきたら、廃棄するしかない。造本も含めて、ゼイタクをしました。いまどき、編集者としてこういう本を作る経験ってほとんどできないですから。

森見　いやあ、高級感ありますよ。

平林　重版して、やっとこれから利益が出始める。森見さんが書いてるのに、いわゆる大手書店さんからの注文が少ないのはびっくりしましたけどね。

円居　うーん、そんなことあるんだ。

平林　まあ、これは知名度とか、新聞とかに広告を出すお金がないとか、そういうのも含めてこっちの責任かな。

あを　じゃあ、ネットで売れてるんですか？

平林　ネットもそこそこくらい。独立系書店がすごいです。

円居　ああ、置きたいものを常に探しているから感度が。

平林　これだけ新刊が出ている中で、それこそ狭いお店やと五、六坪しかないような、そういうお店に選んでもらって、置いてもらえるっていうのはすごいありがたいですね。

お湯が湧いてくる様子を眺める森見氏。

あを　城崎に置いてもらえるのもありがたいですね。

森見　あ、城崎文芸館？

平林　そう。あれはもう、万城目（学）[*15]さんのおかげです。最初に納品した分がすぐ売り切れて、いまは追加が並んでいるはず。

森見　ああ、そうですか。よかったよかった。

平林　なかなか変な本ができて、僕は楽しかったですよ。

あを　いやもう、楽しかったです。森見先生とご一緒できて。

円居　（スルーして）旅行がまず楽しかったから。

森見　そう。楽しかった。

円居　三年後か四年後かわかりませんけど、次、何しましょうって奴ですね。

平林　いやもうね。僕、一個企画があるんですよ。

円居　あ、決めてある？

平林　決めてあるというか、温めてる感じです。

あをにまるは早く二作目を出すべきこと

あを　次の企画、いつでも呼んでください。

円居　いや、それよりも二作目の単著を出さなあかんよ。

森見　それはそう、出したほうがいい。

あを　ちゃんと、ちゃんと本読みますわ。なんか一冊教えてください。

森見　あをにまるさんの勉強になるようなやつ……。

あを　そう、森見先生のおすすめを聞きたいです。

円居　また森見先生の真似をして。お前はお前にならなあかんねん！

あを　へへへ……。

平林　森見フォロワーから大成した人はいないからな。

円居　確かに。それは本当にそう。

平林　森見さんほどの文学的な蓄積がないのに、真似をしようとしてもうまくいかないのは当たり前。

円居　あと、フォロワーって冒険をしないんですよね。新人は冒険しないといけないですからね。

平林　そう、森見さんは森見さんの道を一人で切り拓いてきたのであって。でも、作家は本来、みんなそうでないといけない。

＊15　『城崎裁判』で城崎と深い縁を結んでいる万城目学氏が、仲介の労をとってくださった。万城目氏に深く感謝する次第である。

円居　開拓者がいて、その後を追っても美味しくないんすよ。

森見　もう焼き畑みたいになってるから。十年か二十年経って、またそこになんか生えてこないと……。

平林　もう黒髪の乙女はみんな森見さんが……。

円居　言い方（笑）

森見　まだ燃やせるものが生えてない……。

平林　まだ森見さんが現役やから無理。森見さんの著作権が切れる頃やったらいけるかもしれん。

森見　それ、だいぶ先じゃない？

平林　没後七十年やから、あをにまるさんが生きてるうちは無理やなあ。うーん……あをにまるさんに何を読んでもらったらいいかな？

森見　それ、難しいな……。

平林　でも、基礎的な物語の面白さがわかるような古典的な小説。

あを　古典はね、けっこう読んでるんですよ。青空文庫のタダで読めるやつ。あれはちょこちょこ読んでます。

円居　お金を出して読みなさい。

森見　青空文庫はもういいんちゃうかな。一作目がそっち方面やったし。

平林　僕はディケンズとか読んだらどうかと思うんですけどね。長編やし、近代小説の基礎を作ったひとりでもあるし、エンタメ感もある。[16]

森見　確かに古典やけどエンタメ感はある。

あを　青空文庫に入ってるんですか？

平林　だから、青空文庫とかで読んだらダメなんですよ。

あを　そうなんですか？

円居　訳、訳！

森見　そう、古い訳はね。比較しながら読むとかならいいけど。

あを　（ググりながら）へぇー。あ、新潮文庫、これですか？

平林　いや、それは旧訳。河出文庫版が一番新しい。

森見　でも、なんでディケンズなんですか？　他にも条件に当てはまりそうな作家はいてるけど。

平林　あのころの作家は、朗読をしたじゃないですか。作品を奥さんとか知り合いの前で朗読して、意見をもらって直すとか。

森見　はいはい。

平林　ディケンズは朗読ツアーまでやったんです。で、ここで志賀直哉に戻ってくる……文章の、リズム。

あを　リズム！

森見　リズム。そう、ピンボール。……ピンボールじゃないや。

平林　スマートボール。

森見　スマートボールをやってもね。なかなか小説のリズムは身につかないから。うーん、ディケンズは面白いけど……そうですねぇ。

遊技場でスマートボールに挑戦する森見氏。

円居　今それを利用できるから全然わからないっていう。まぁ、勉強……基礎？

平林　まず、海外文学とかあんまり読んでないと思うんで、克服するためには難しいやつを読むより、ディケンズぐらいエンタメ感のあるやつを読んだ方がいいと思う。

森見　まあディケンズとかエンタメですからね。確かにその、あをにまるさんが好きなタイプの近代文学の、もっと古めのやつとかだったら、こう……あんまりエンタメじゃないじゃないですか？

あを　まあそうですね。

森見　だから（日本近代文学は）文章の勉強としてはいいと思うんですけど、お話とか、エンタメとしては結構弱いという。文章の味わい勝負みたいなところがあるから。まぁあんまり人のこと言われへんけど（笑）そこだけで勝負するのは結構厳しい。だから、普通にエンタメを書いてやっていくってことを考えると……。

平林　ディケンズは結構ストーリーも……。

＊16　たとえば、辻邦生は長編を書く技術をディケンズとトーマス・マンから学んだと北杜夫との共著『若き日と文学と』で述べている。

森見　ディケンズはそう。もともとの今のあをにまるさんが読んでる、青空文庫とかで読めるような日本語近代文って語彙は増やせるし。文章力としてはすごくいい修行だと思うんですけど。

円居　エンタメといえば、万城目さんの作品は読んでるの？

あを　読みました。ドラマも見てますね。

森見　『鹿男あをによし』がまず奈良やから、あをにまるさんが読んでなかったら……。

平林　説教ですわ（笑）

あを　小説には綾瀬はるかが出てこぉへんかって……おっちゃんになってる……。

森見　「おっちゃんになってる」……？

平林　綾瀬はるかが……って、それは逆や！

森見　逆や逆！

あを　「おっちゃんや！」と思って。僕の綾瀬はるかが……。

森見　ドラマが逆なんよね……。

平林　円居さんから勧めるとしたら？

円居　俺の畑から言うと、京極夏彦先生の「巷説百物語」シリーズ。

森見　おおー、なるほどねー。

円居　俺が勧める理由は、自分の好きなものを全部組み合わせて、新しいフォーマットを作ったっていうのがすごいと思う。やっていることは、妖怪を使った『必殺仕事人』なんですよね。

森見　はいはいはい。

円居　いない妖怪のせいにして、事件を解決する。要は自分の好きなものを全部組み合わせてやっている。だから、自分の土俵を自分で作ってその上で楽しく踊ってる。

森見　「巷説」シリーズだけ読んだらいいし。

円居　ひとつのフォーマットを作って話を回していくことの楽しさと強さを学んでほしいんですよね。あと初期は純度の高い時代物エンタメだったのが、シリーズが続くにつれメッセージ性も帯びてくる。

森見　最近完結したんですよね。だから、タイミング的にも……さすが、円居さんはいいのを勧める……。

円居　つまり、もし「巷説百物語的」なものを自分で書くことができたら、担当編集は通すよっていう。

あを　へー。

森見　確かにね。

円居　奈良で「巷説百物語」をやってもちょっと面白いから。

森見　確かに。

平林　そしたらやっぱり……あをにまるさんは奈良マニアっていうのを活かして。

森見　それは絶対にあった方がいい。

あを　（次作の）条件として、奈良縛りは担当さんから提示されてますね。

森見　それはまあ、武器やから。大事ですよ。武器は使わないと。

円居　「奈良をこんな風に使うの？」っていうところまで昇華できたら勝ちですよ。

あを　なるほど。

森見　京極さんは妖怪が勝ったんで、そこに『必殺仕事人』を持ってきた。だから、あをにまるさんは奈良が勝ったところに、何を持ってくるのかっていうのを。

円居　メイド喫茶は駄目だよ（笑）

あを　そう！　それはあかんて言われたんですよ。

森見　つまり、京極さんの（使った）『必殺仕事人』って、わりにパターンとしてこう、ガッチリしてるじゃないですか。で、妖怪の方は膨大に情報量がある。だからあをにまるさんにとっては奈良が妖怪なわけでしょ。自分の強みをどこまで活かすか、どこまで捨てるかっていうところを考えたらいい。

あを　なるほど……。

平林　商業的なアドバイスですね、どっちが編集者かわからない（笑）

森見　円居さん、うまいね。

円居　あとすげえいいのが、『前巷説百物語』……四作目ですね。もうやることはやったやったから、今度は前日譚をやろうって、若い頃の主人公が出てくる。絵馬に名前を書かれたら死ぬっていうのがあって、デス……。

あを　デ、デスノート！

円居　発表当時「デス絵馬やん！」って読みながら笑って。でも、ちゃんと面白いからすごい。

森見　（なにか考えながら）デス……デス……。

円居　その時その時の流行りを使っても、壊れないフォーマットの強さっていうのがある。

森見　でもそれはやっぱり、「必殺仕事人」と「妖怪」っていうテーマがちゃんとガッチリあるから。

円居　そうそう。どっちも好きで、めちゃめちゃマニアだから、維持できた。

あを　プラスアルファ、なにか？
森見　だからそこに、『必殺仕事人』みたいにベタで、ガツンとしたフォーマットを持ってくる。
あを　おー。
円居　だから、「今、俺が奈良を活かすためのフォーマットはなんや」ってあらゆるものを見ていくのは楽しいですよ。
あを　うーん。なるほど。
平林　（唐突に）奈良のスティーブン・キングを目指したらいいんじゃないですか？
円居　ハッハッ！
森見　ああー。スティーブン・キングね。確かにキングも田舎やし。
あを　（よくわからない様子で）スティーブン・キング……。
円居　奈良版の『スタンドバイミー』もいけるな、確かに。
平林　「奈良のスティーブン・キング」ってフレーズがよくないですか？
森見　あをにまるさんはホラーって感じじゃないけど……
（笑）
平林　でもほら、エンタメのキング（王様）じゃないですか、言ってしまえば。名前もキングだし。
あを　ネットはなんか、ホラーが流行りって風潮がすごいありますね。
円居　あれはあれで別の鉱脈だし、今から行って掘れるかって話で。
森見　今から用意してもね。
平林　「近畿地方のある奈良について」。
あを　言うてもうてるやん！　前段なにもいらないです（笑）
平林　「奈良の変な家」。
一同　（笑）
平林　まあ、いまからホラーに参入するのも、森見さんのフォロワーをやるのと同じ。
森見　そうねー。だからやっぱり、『必殺仕事人』を見つけることやな。
円居　そうそう。『必殺仕事人』なのか、『水戸黄門』なのか。このフォーマットやっとけばなんでも綺麗になるってものに、意外なものを組み合わせる。
平林　ちょっとファンタジーを入れた方がいい。森見さんは京都をファンタジーにしたわけじゃないですか。奈良もファンタジーに……。
円居　できます。どんなものもファンタジーにできる。だから切り口を考えなあかん。

あを　ううん。

森見　だから、あをにまるさんなりの切り口があるといいんやけどなぁと思いますけどね。やっぱりなんか、偽奈良を作るつもりでできるといいんですけどね。

平林　「ビクトリア朝京都」みたいな。

あを　あ、それで「ブルボン朝奈良」っていうのを考えて……。

平林　パクリやんけ！

円居　考えてないやろ！

森見　それは、作中作で出てきたら笑うけども……。

平林　まあとにかくですね、これだけみんながアドバイスしたんやから、なんとしても二作目を早く出してください。

森見　アドバイス……もうやめとこうと思ってたのにしてしまった……。

円居　森見さんを悩ませたんやから、責任を持って書かなあかんよ。

平林　僕は全国の文フリを回って『城崎にて 四篇』を売るので、その間にさとしは二作目を書くこと。

森見　書いてください。

あを　うう、がんばります。

平林　じゃあ、「あをにまる先生の次回作をお楽しみに」で締めかな。

円居　それ、あかんパターンや（笑）

（二〇二四年七月二八日、コーヒーサロン皇帝にて収録）

北尾修一（百万年書房）

編集していない編集者の編集後記

こんなメッセージを独特の声で歌っていたひとのエッセイを昨夜は読み返していた
だってベイビーおまえだけはおれの味方
関係ないし全然余裕
おれが明日有名になっても
今までしてきた悪いことだけで

今朝は五時前に目が覚めた
家にだれもいない
起きて寒いとうれしい
妻はインドでアーユルヴェーダ合宿中
娘はワーキングホリデーでオーストラリア滞在中

十日間家でひとりきり
今日だれとも会う予定がない
仕事の依頼はさっぱり来ない
とりあえず全部裏返して着る

下着を前後ろ逆にして裏返しに穿く
長袖Tシャツも前後ろ逆で裏返してから着る
その上からセーターをひっくり返して前後ろ逆に被る
スエットパンツも右に同じ
靴下も左右逆にして裏返して穿く
すっかり楽しい気分になる
洗面所で顔を洗う
いつもより多めに化粧水を取って顔にぺたぺたする
幸せとはこれだ
朝ごはんはトーストにピスタチオクリームでいこう
その前にミルクティーを淹れよう
きっと平林氏は『随風』の校了中だろう
それにひきかえ我が愚かしき時間と細胞よ

甲斐性ないのに耳毛だけが育つ（育てていないのに）
やはりおれの友だちはおれとおれの言葉だけだ
わかってくれるひとなんてひとりかふたりいれば十分
ここまで書いてきたことを一語一語嚙み締めて今日一日を過ごそう
だっておれには解っている
今までしてきた悪いことだけで
おれがいつか有名になっても
ベイビーおまえだけはずっとおれの味方

北尾修一（百万年書房）

プロフィール（五十音順）

浅井音楽（あさい・おんがく）　臨床心理士、作家。随想集『しゅうまつのやわらかな、』（KADOKAWA）。「おかわりください」を躊躇なく言える。

あをにまる　作家、ラジオパーソナリティ、WEBライター。94年生まれ。『今昔奈良物語集』（KADOKAWA）。奈良と日本酒が大好き。

海猫沢めろん（うみねこざわ・めろん）　小説家。75年生まれ。『ディスクロニアの鳩時計』（泡影社）。今年も世界と和解できない。

オルタナ旧市街（おるたな・きゅうしがい）　しがない兼業作家。随筆集『踊る幽霊』（柏書房）で24年6月デビュー。おいしくない食事にまつわる小説集『お口に合いませんでした』（太田出版）発売中。

柿内正午（かきない・しょうご）　会社員、文筆。『プルーストを読む生活』（H.A.B）。猫を飼い始め、さっそく猫エッセイのZINEを作りました。

かしま　Webデザイナー。はじめて随筆を書きました。感想をかいてくれたらスキップします。

岸波龍（きしなみ・りゅう）　本屋「機械書房」店主、劇作家。85年生まれ。編著に『私家版詩集アンソロジー』（田畑書店）。第一戯曲「窓」が2025年6月に演劇化されます。

北尾修一（きたお・しゅういち）　百万年書房代表、編集者。68年生まれ。『いつもよりも具体的な本づくりの話を。』（イースト・プレス）、『自分思い上がってました日記』、『調子悪くて当たり前日記』を書いた人。そろそろアスパラガスが美味しい季節ですね。

草香去来（くさか・きょらい）　文筆家、漫画原作者。82年生まれ。『半助喰物帳』（講談社）原作。炊飯器で野菜を柔らかくするのにハマっています。弊誌編集発行人・平林緑萌の筆名。

早乙女ぐりこ（さおとめ・ぐりこ）　日記とエッセイを書く人。87年生まれ。『速く、ぐりこ！もっと速く！』（百万年書房）。毎日がちょっとしたパーティー。

作田優（さくた・ゆう）　作家。88年生まれ。『逃亡日記』。昔はギャルでした。今はマインドがギャルです。

ササキアイ（ささき・あい）　会社員・文筆家。74年生まれ。エッセイ集『花火と残響』（hayaoki books）。銭湯と餃子が好きで貯蓄が苦手です。

鈴木彩可（すずき・あやか）　ラジオパーソナリティ。85年生まれ。24年、初めてのZINE『ひとんちのかぞく』を発売。家族のことや友達のことを書いていて「人」が好きなのだということに気がつきました。人LOVEです。

竹田信弥（たけだ　しんや）　書店主。86年生まれ。双子のライオン堂運営。文芸誌『しししし』発行人。単著に『めんどくさい本屋』（本の種出版）、共著に『街灯りとしての本屋』（雷鳥社）、など。月に読書会を10本ほど主催。

友田とん（ともだ・とん）　作家・編集者。78年生まれ。『『百年の孤独』を代わりに読む』（ハヤカワ文庫NF）。鶏の照り焼きに八角を入れるとおいしいです。

仲俣暁生（なかまた・あきお）　文芸評論家、大学教員。64年東京生まれ。出版レーベル「破船房」を23年から主宰。主な著作に『ポスト・ムラカミの日本文学』、『極西文学論』、『橋本治「再読」ノート』など多数。最新刊は3月刊行の『一九八三年の廃墟と橋本治』。

西一六八（にし・いろは）　編集者・文筆家、手のひらの金魚代表。88年生まれ。『月日のおとなひ 徳田秋聲随筆集』などを手がける。私自身もびっくりするくらい近代文学が大好きです。

野口理恵（のぐち・りえ）　編集・文筆。81年生まれ。エッセイ集『生きる力が湧いてくる』（百万年書房）が4月に発売。健康体。

坂内拓（ばんない・たく）　イラストレーター。72年生まれ。コラージュ作品をメインに、広告・書籍・ジャケット等のアートワークを手掛ける。

円居挽（まどい・ばん）　小説家。83年生まれ。『丸太町ルヴォワール』（講談社文庫）等。今年は小説を書く気になったので単著や同人誌も頑張ります……多分。

宮崎智之（みやざき・ともゆき）　文芸評論家、エッセイスト。82年東京都生まれ。著書に『平熱のまま、この世界に熱狂したい 増補新版』（ちくま文庫）など。犬が好き。

森見登美彦（もりみ・とみひこ）　小説家。79年生まれ。近著『シャーロック・ホームズの凱旋』（中央公論新社）。加湿器を買いました。

横田祐美子（よこた・ゆみこ）　哲学者。87年生まれ。『脱ぎ去りの思考』（人文書院）。馬路村農協の「組合長」という名のポン酢醤油が最高です。

編集後記

平林緑萌　宮崎智之　早乙女ぐりこ

ほんらい雑誌というものは興味のあるところだけ読めばいいものであり、私も普段はそのようにしている。しかし、『随風』にかんしては「全部読む」読者がそれなりにいることを想定している。なにせ記事広告もないし、単行本の原稿をためるための連載もない。おまけに編集者として意思決定をするのは私ひとりである——宮崎さんと早乙女さんに企画協力してもらっているが、編集人としての責任はすべて私にある——から、よくもわるくも雑誌的でない雑誌になっており、それゆえに全部読んでくれる読者がいるだろうと考えるわけである。感想はSNSで書いてもらってもいいし、メールでお寄せいただいてもいい。読者から新たな書き手が出てくれると、それが一番うれしい。次号は秋ごろにお届けする予定である。

（平林）

文学とは言葉でつくられた世界であり、よって随筆も文学である。僕は二〇二二年頃から「随筆復興」を掲げ、そのことを主張してきた。文芸誌にいくつもの論考を書いたし、イベントもしたし、書店でのブックフェアもしてきた。このほど『随風』が創刊され、近代以降の随筆が散文芸術の位置を獲得し、日本文学史の流れを意識して歴史がつながれていく第一歩を、三〇、四〇代の比較的若い世代を中心として踏み出せたことをうれしく思う。先人へのリスペクトを忘れずに、僕たちが新しい随筆の文芸シーンをつくっていく。まだ誰もが見たことがない景色を皆様の前に立ち上げることを僕は約束する。皆様もこのシーンの一員になってもらいたい。

（宮崎）

好きな随筆を読むと、不思議なことに著者そのひとに親しみと懐かしさを感じます。幸田文もさくらももこも山本文緒も、一度も会ったことはないけれど、私の大切な友だちです。

自身も日記やエッセイを書いて発表するようになってから、さらに友だちが増えました。著者同士でおしゃべりしたり、読者の方から心のこもった感想をいただいたり、そういった交流に勇気をもらって、今も書き続けています。

雑誌『随風』という場には、随筆を愛し随筆を読み書きする人々が集い、友だちの輪は今後どんどん大きく広がっていくことでしょう。そのような新しい場が誕生する瞬間に立ち会えて、私はなんと果報者なのかと思っています。また次号でお目にかかれますように！

（早乙女）

随風 01

二〇二五年三月二四日　初版第一刷発行

発行者＝平林緑萌　発行所＝書肆imasu

〒二七二-〇〇三二　千葉県市川市大洲四-九-二　電話　〇四七-三二一-四五七七

発売元＝合同会社志学社

装画＝坂内拓　装幀＝川名潤　本文組版＝はあどわあく（大石十三夫）

企画協力＝宮崎智之・早乙女ぐりこ

印刷所＝モリモト印刷株式会社

Printed in Japan.

ISBN 978-4-909868-17-6　C0095

https://thebooks.jp

『随風』02は、２０２５年秋ごろ刊行予定です。

十文字青『私の猫』

2200円+税　ISBN 978-4-909868-13-8

著者がこれまで発表したなかでも指折りの傑作短編である表題作を軸に、書き下ろし二篇と単行本未収録一篇を加えた作品集。装画=タダジュン